Rosario Carollo

EDICOLE VOTIVE A CATANIA

2015

Titolo | Edicole Votive a Catania
Autore | Rosario Carollo
ISBN | 978-88-91199-48-5

Youcanprint *Self-Publishing*
Via Roma, 73 – 73039 Tricase (LE) – Italy
www.youcanprint.it
info@youcanprint.it
Facebook: facebook.com/youcanprint.it
Twitter: twitter.com/youcanprintit

Prefazione

Nel girovagare per il Centro Storico di Catania, ci hanno sempre colpito quelle edicole votive (*atareddi*) dai colori sgargianti, con una bella pietra bianca attorno col crocifisso in ferro o in pietra, e tenute bene con i fiori freschi e bagnati. Ci colpiva il contesto popolare, umile e profondamente religioso della gente che rendeva *viva* la propria fede rendendo *viva* quella immagine sacra (iconografia) con tanta attenzione e tanto rispetto. Il fatto poi che il tanto discusso e celebrato Gesù sia venuto e abbia vissuto nell'umiltà e non nella gloria, questo, forse, può indurci a far riflettere sulla autentica identità tra tradizione e fede della quale le edicole votive sono espressione. Avere un posto, un luogo dove esternare la propria spiritualità sotto casa è al mondo d'oggi un fenomeno antropologico così lontano rispetto allo sconcertante quotidiano, da far persino sorridere.

Oltremodo, riteniamo pure che persino il perché della scelta di questa o quella immagine sacra sia meritevole di studio ed approfondimenti. Emergerebbero così, forse, quelle dinamiche di aspetto sociale sul cui assetto generale poggia la storia di un luogo urbano o città.

Non solo, lo studio della città potrebbe partire dalle costellazioni di quelle lucine devote. Potrebbe anche emergere così una mappa per così dire esoterica (nascosta), prodotto di una volontà superiore che dà coscienza a determinate persone nel produrre circuiti di energia spirituale.

Dietro la devozione popolare degli *altarini*.

Bedda Matri, bedda siti, quantu tituli c'aviti, quanti razii cà faciti; facitammini una a mia, prima ca scura l'Avi Maria.

Nel Barocco gli oggetti artistici (statue, dipinti) si mettono al servizio di quel complesso rituale e cerimoniale della Parola; il Settecento inoltre segna l'inizio delle attività processionali, le confraternite, moltiplicatesi a dismisura, portano in processione l'immagine artistica e diventano il tramite dell'insegnamento dei fondamenti della dottrina cristiana. Fino agli anni 50 del secolo scorso era in uso portare i simulacri mariani su *vare* (fercoli) adornate da ricchi e sontuosi baldacchini.

Secondo il Bastide *la preghiera è una comunicazione, che può avvenire tramite oggetti, gesti e parole, il più delle volte tramite una combinazione di essi, tra gli uomini e le potenze sovrannaturali, nell'ambito di un rapporto dato per asimmetrico.* Le edicole votive rappresentano quindi momenti di preghiere collettive di tre generi, uno celebrativo, uno propiziatorio ed uno apotropaico. È vero che la costituzione delle edicole votive è voluta dal proprietario o del fondo o del nascente fabbricato. Viene, in questa ottica, posto un accento critico sulle valenze certamente utilitaristiche o addirittura eudemonistiche circa il rapporto tra edicola votiva ed officiante; esistono preghiere che tendono a divenire coercitive, in equilibrio tra preghiera vera e formula magica; preghiere ripetitive e meccaniche che si fa formula oratoria in special modo negli atteggiamenti devozionali.

Nel prossimo volume, in fase di realizzazione, si tratterà sul rapporto tra l'inconsapevole iconografia popolare e la consapevole iconografia colta.

Analisi circa la distribuzione sul territorio.

Innanzitutto da un'analisi distributiva ci accorgiamo che le edicole per così dire polarizzate intorno ad un sito coevo alla loro realizzazione o addirittura non più esistente, sono parecchie. Tali raggruppamenti indicano quindi un uso *locale* di una o più icone sacre, un uso *ad personam* o anche *ad familiam*. Le edicole isolate indicano un uso più apotropaico che devozionale; esse sono tra loro più distanti e in un contesto più borghese. La superficie dei quartieri presi in esame nel Centro Storico di Catania è all'incirca di 232,86 ettari, le edicole presenti sono in totale 216 delle quali 190 *visibili* pertanto la *densità media assoluta* (dma) risulta di 0,92 edicole per ettaro. Ma ad una più attenta lettura distributiva ci accorgiamo che se tracciamo una linea immaginaria che parte da piazza San Domenico ed arriva a piazza Stesicoro tutte le edicole votive che si trovano a sud di tale linea sono molto più numerose e distribuite in raggruppamenti e possiedono un carattere prevalentemente devozionale, mentre quelle presenti a nord sono più distanti tra loro e presentano un carattere prevalentemente apotropaico, vale a dire per salvaguardare l'opera costruttiva da agenti malefici (solo di natura economica). Senz'altro sono due aspetti antropologicamente complementari, infatti risulta evidente tra le due zone di Catania una diversa composizione architettonica e quindi socio-culturale delle stesse. Se nella zona più antica (quella Sud) la devozione religiosa è ancora presente dopo la ricostruzione del Camastra prima e del Gentile-Cusa poi , nella zona Nord è evidente uno scollamento culturale e ideologico che riduce l'edicola votiva semplicemente ad un elemento funzionale al potere economico. Non parleremmo però di frattura ma di due assetti sociali ed economici diversi ma non contrapposti che ancora oggi sono più che mai vivi.   Detto ciò e in ultima analisi la densità delle edicole votive a Nord, volendo denominare così l'area anzidetta, è di 0,25 edicole per ettaro, mentre la densità delle edicole votive a Sud è di 0,92 edicole per ettaro.

Per una migliore comprensione del *genius loci* di ciascuna edicola votiva, e quindi, più complessivamente, della storia degli spazi dell'uomo del centro storico, ci è sembrato giusto affondare tale indagine attraverso qualche testo riguardante la storia della città etnea in alcune delle vicende più costitutive degli spazi urbani.

QUARTIERE DUOMO

Le edicole presenti sono a porta Uzeda 1: Cristo flagellato, dipinto su tela, 80x120 cm; via Garibaldi 11: Madonna con bambino, dipinto su legno, 20x50 cm; via Beato Cardinale Giuseppe Benedetto Dusmet 27: Sant'Agata, statua in pietra, h 180 cm; via Porticello 18: Sant'Agata al Carcere, dipinto su intonaco, 150x300 cm.

Da levante la via Stesicorea, da mezzogiorno la Garibaldi, da ponente la via Trinità e Lumacari e la Piazza Dante e da settentrione la via Lincoln, segregano dalle sezioni esterne questa importantissima frazione del nucleo più centrale della città. Nella massima parte si trova sopra un suolo in collina, tuttavia è tra le frazioni migliori di Catania, avendo nel suo interno molti importantissimi e vasti fabbricati. ... Tuttavia ha diverse località molto insalubri, il cortile S. Pantaleone, l'interno del Teatro Greco e le adiacenze della chiesa S. Maria della Rotonda. *Tratto da Piano Regolatore pel risanamento e per l'ampliamento della Città di Catania – Progetto del B. ne Gentile Cusa – Tipografia C. Galatola – 1888 – pag. 244,245.* La *bella saia*, cantata in versi dal Gravina le cui acque di scolo incanalato, andavano ad alimentare poco distante le cannelle di un lavatoio pubblico, oggi demolito, aveva dinanzi a sé una grande piazza larga dieci canne e lunga cinquanta (oggi Piazzetta Pardo), dalla quale si iniziava quella strada che correva lungo le mura della città per centosettanta canne, fatta costruire anche dal Lanario, poiché insino al 1621 molto angusta e malagevole era tale tratto di spiaggia sotto alla cortina, tanto che la bara di S. Agata – scrive il Carrera – si era una volta trovata esposta alla furia del mare, che s'era miracolosamente ritirato per cederle il passo. D'allora la nuova via, chiamata Lanaria – oggi Dusmet – divenne per i catanesi un luogo di delizia; vi andavano a passeggio, in carrozza ed a piedi, e nella estate sedevano sulle banchine che erano poste lungo il margine, per godersi il fresco vespertino e per ascoltare dolci concerti di melodia soave. *Tratto da Catania prima del 1693 – Policastro Guglielmo – Società Editrice Internazionale – 1952 – pag. 14,15.* Il modesto e piccolo Fonte di S. Agata alla Marina quindi è un monumento che ricorda a noi un antico avvenimento ...: di grandissima importanza; compendiando in uno l'involamento ed il rimpatrio delle sacre Reliquie. *Tratto da Memorie storiche di Catania – Fatti e leggende – Lo Presti Salvatore – Cav. Niccolò Giannotta – 1961 – pag. 86.* L'episodio che nella tradizione storiografica fonda la città medievale è la costruzione del monastero di S. Agata da parte dell'abate Angerio tra il 1088 e il 1092 e la sua elevazione a sede vescovile da parte di Ruggero I nel 1091. ... La scelta topografica per il nuovo sito della cattedrale, in prossimità del porto, avrebbe segnato, nell'interpretazione consolidata, il tramonto dei quartieri alti della città e il definitivo spostamento dell'asse direzionale a mare, nei pressi del porto Saraceno. Una tale lettura ... si fonda sull'identificazione ... con la chiesa di S. Agata La Vetere, posta ai margini settentrionali delle mura lungo il pendio della collina di Montevergine. *Tratto da Catania terremoti e lave. Dal mondo antico alla fine del Novecento – Boschi Enzo, Guidoboni Emanuela – Editrice Compositori – 2001 – pag. 39.* La nuova Porta aperta nel muro e fra le rovine del palazzo vescovile, egualmente che la strada vollero chiamarsi Uzeda in onore del Viceré. *Tratto da Catania . La città. La sua Storia – Aymard Maurice, Giarrizzo Giuseppe – Domenico Sanfilippo Editore – 2007 – pag. 137.* Nella Platea magna si svolgevano le principali manifestazioni, la più importante delle quali era, ai primi di febbraio, la festa di Sant'Agata, ricordata nel cinquecentesco *Cerimoniale* del patrizio catanese Alvaro Paternò. ... Nella piazza si correvano anche i palii e si svolgeva la fiera. Quest'ultima, ancora nel Seicento – come ricorda Pietro Carrera – era *una delle più nobili e copiose della Sicilia* e, nelle sue *logge* o baracchette veniva esposta ogni sorta di mercanzia, *di sete e panni, di argento e di oro lavorati, di droghe, di tutte le merci e altre cose, o necessarie o di delizie, che ad una ricca e universale fiera si richiedono....* nell'aprile del 1559, si decise di modificare l'assetto della Platea magna per ordine del viceré e del vescovo, intervenuti ad una seduta del Consiglio cittadino. Per allargare e abbellire la piazza vennero così abolite *tucti li casi, curti ... magaczeni, putighi,* e venne abbattuta anche la prima sede dell'Università, davanti alla chiesa dalla parte della tramontana ... . *Tratto da Catania. L'identità urbana dall'antichità al Settecento – Scalisi Lina – Domenico Sanfilippo Editore – 2009 – pag. 127.* (Nel 1669) La cattedrale passava per il più vasto duomo della Sicilia; occupava quasi lo stesso sito. Le torreggiava a fianco il campanile piramidale di 340 piedi di altezza eretto già dal vescovo Simone del Pozzo nel 1388; e la guglia finita da Innocenzo Massimi nel 1630. Strepitavano in esso molte campane, e più *la Grande* di peso 80 quintali per ordine dello stesso del Pozzo nel 1389. Tra il muro meridionale della chiesa e il muro della città vi era il monastero dei canonici benedettini già abbandonato, e da dove oggi nella chiesa evvi il Battistero sino alla metà del presente Seminario eravi il palazzo vescovile. Di là libero restava il muro della città sino alla estremità nella Porta delli canali sopra la quale eravi una bene ornata *Loggetta* dove se ne stavano il senato, ed il vescovo nel tempo che lungo la spiaggia sottoposta facevasi la corsa del *Palio*. *Tratto da Storia di Catania. Volume I sino alla fine del secolo XVIII – Ferrara Francesco – Editrice Dafni – 1989 – pag. 132 .*

QUARTIERE COLLEGIATA

La sola edicola presente è in via Antonino di San Giuliano sn: Santa Rita, bassorilievo in marmo,180x250 cm.

Nel 1643 sono i Teresiani che si stabiliscono in una casa presso Cibali, poi nella Casa di Santo Spirito fuori porta della Decima, e finalmente, nel 1677, nel locale attuale di S. Teresa. *Tratto da Piano Regolatore pel risanamento e per l'ampliamento della città di Catania progetto del B.ne B. Gentile Cusa – B. Gentile Cusa – Tipografia C. Galatola – 1888 – pag. 39 .* ... il Camastra fece tracciare due grandi vie l'una all'altra trasversali. La prima tagliava la città da nord e sud, cioè dalla piazza della Cattedrale a Porta d'Aci e di là ancora in rettifilo fino al Borgo, distante dalle mura circa un chilometro, e la seconda da est ad ovest, dalla Porta Lanza presso l'attuale chiesa di S. Teresa al sommo della collina, sulla quale doveva essere riedificato, poco tempo dopo, il monastero dei PP. Benedettini. *Tratto da Piano Regolatore pel risanamento e per l'ampliamento della città di Catania progetto del B.ne B. Gentile Cusa – B. Gentile Cusa – Tipografia C. Galatola – 1888 – pag. 47.* Secondo quanto scrive il Privitera, Stefano, vescovo di Siracusa nel 532, *innanzi li saraceni* fondò *nel contorno delli sette cantonieri, la chiesa del S. precursore Giovanni Battista, detto de Freri, o di Fleris* che fu poi *Hospidale della Regione militare di Malta...e sua commenda col feudo detto de Fleri o Fireri, sopra la città di Jaci.* Ma della chiesa abbiamo un avanzo pregevolissimo, scoperto nel 1894: un *arco* in via Cestai; nel quale il Maganuco ha riscontrate forme artistiche proprie della scultura casigliana a merlettature, che trionfò in periodo aragonese, fissandone quindi l'epoca: la fine del XIII o il principio del XIV secolo .... *Tratto da Catania prima del 1693 – Policastro Guglielmo – Società Editrice Internazionale – 1952 – pag. 113,114.* Il quartiere di S. Maria dell'Elemosina era, dopo quello della Civita, il più popoloso della città, per la vasta estensione dei suoi confini che abbracciavano diverse contrade con maestosi edifici pubblici e privati, e con numerose chiese, delle quali alcune monumentali; era anche il più trafficato per la sua vicinanza alla *platea magna* ed alla *Loggia Senatoria*, e perché aveva una piazza antica e famosa *la fera lunare*, attraversata da una strada (attuale via Alessandro Manzoni) chiamata della fera, dell'Ospedale e del Collegio. *Tratto da Catania prima del 1693 – Policastro Guglielmo – Società Editrice Internazionale – 1952 – pag. 137.* La chiesa di S. Maria dell'Elemosina è di origine antichissima: gli scrittori di cose patrie, riferiscono che essa – secondo la tradizione – fu dapprima una edicola o tabernacolo con l'immagine della SS. Vergine trasformata poi, con l'andar del tempo, sempre nello stesso sito di oggi, in una chiesa di cui si ha ricordo nella vita di S. Leone, vescovo taumaturgo di Catania, vissuto nel secolo V, e quindi in quella del vescovo catanese Ruggero, nel 1193, quando già la chiesa aveva aggiunto al titolo quello di S. Maria dell'Elemosina. Era così chiamata, per la elemosina *di due tortorelle o di due palombi ... offerte dalla Beatissima Vergine al Sommo Sacerdote per offrirle a Dio per il nato Salvatore et per la sacrosanta Purificazione della B. V. ...* *Tratto da Catania prima del 1693 – Policastro Guglielmo – Società Editrice Internazionale – 1952 – pag. 138.* Nell'interno della chiesa, prima del terremoto (del 1693) vi erano cinque cappelle con cinque quadri: S. Maria della Grazia, la Madonna della Presentazione seu Candelora, S. Apollinare, S. Agata olim Madonna Santissima delle Grazie seu S. Leonardo, Madonna Santa dello Spasimo e degli agonizzanti che era posta sull'altare maggiore. Nel 1658, essendo il quadro della Vergine, per il corso del tempo assai macchiato, i capitolari decisero di rifarlo, ma ci fu gran diversità di opinioni. Qualcuno voleva *l'antica effige che era nella edicola, cioè la immagine della Vergine, assettata (seduta) in trono con il sacro figlio messo al petto, siccome allo antico sigillo del capitolo si scorge e come anco nel tetto nuovamente fatto nella chiesa l'anno 1655; altri volevano l'immagine di Maria Purificata e prevalsero costoro.* *Tratto da Catania prima del 1693 – Policastro Guglielmo – Società Editrice Internazionale – 1952 – pag. 141,142.* ... alla chiesa della Collegiata (risorta dalle rovine nel 1697) venne aggiunta, demolendo la breve scalonata in pietre negre già esistente, l'attuale grande gradinata in pietra calcarea prossima al cancello in ferro. *Tratto da Memorie storiche di Catania. Fatti e leggende. – Lo Presti Salvatore – Cav. Niccolò Giannotta – 1961 – pag. 173.* Nell'anno 1382 la chiesa di S. Maria dell'Elemosina non era che una sacra edicoletta intitolata a M. SS. dell'Elemosina da re Martino come real Cappella. Fino all'anno 1647 prospettava nel piano o piazza della Fera (oggi dell'Università) ove il 29 maggio dello stesso anno furono alzate le forche in occasione della rivoluzione di Catania contro il governo di Filippo IV di Spagna per questione di dazii e balzelli d'ogni sorta. *Tratto da Guida alle chiese di Catania – Rasà Napoli Giuseppe – Tringale Editore – 1984 – pag. 90 .* Verso il 1372 la chiesa di S. M. dell'Aiuto esisteva sotto il titolo dei SS. Simone e Giuda nel cortile di N. S. della Misericordia, vale a dire dietro l'attuale chiesetta di S. Giacomo , indi fu eretta nel luogo attuale. Il 1635 fu in essa la Congregazione dei R. R. Sacerdoti secolari. Il 1641 a 3 novembre, fu decorata con l'immagine di N. S. dell'Aiuto. Tuttora vi esiste la Società di mutuo soccorso di sacerdoti, sotto titolo S. M. dell'Aiuto. *Tratto da Guida alle chiese di Catania – Rasà Napoli Giuseppe – Tringale Editore – 1984 – pag. 106.* La chiesa collegiata di S. Maria dell'Elemosina, fu ricostruita (dopo il terremoto del 1693) nello stesso sito della preesistente ma con l'orientamento invertito: il prospetto fu realizzato sulla nuova via Uzeda, laddove si trovava il coro dell'edificio crollato ... . *Tratto da Catania terremoti e lave. Dal mondo antico alla fine del Novecento – Boschi Enzo, Guidoboni Emanuela – Editrice Compositori – 2001 – pag. 159.* Vicino alla Platea magna era la Piazza Fiera (il *Forum lunae,* Fiera 'o lune), *nell'istesso piano della Collegiata,* dove, ogni lunedì, si faceva il mercato. *Tratto da Catania. L'identità urbana dall'antichità al Settecento – Scalisi Lina – Domenico Sanfilippo Editore – 2009 – pag. 127.* ... *un'inserzione pubblicitaria sulla stampa locale metteva a rumore l'ambiente medico: è arrivato a Catania il più grande rocchetto con la scintilla di 50 cm per la produzione dei raggi X. Data la lunghezza della scintilla, con esso si osservano bene gli organi interni del torace e dell'addome. I signori medici potranno dimandare la fotografia del corpo umano, presso l'Istituto elettroterapico Licciardi in piazza Ogninella, accanto alla Banca Popolare. Tratto da Catania gli anni belli. – Sciacca Lucio – Giuseppe Maimone Editore – 1992 – pag. 83.* ... Anticamente questo sito ... si chiamava *u chianu d'i setti cantuneri* denominazione dovuta agli angoli degli edifici crollati a causa del terremoto del 1693. In tale luogo sorgeva l'antica chiesa mariana dedicata a Santa Maria dell'Ogninella che etimologicamente potrebbe derivare da *Omnia in Illa* cioè Ogni virtù in Lei, o costituire un diminutivo per distinguerla dalla chiesa di Santa Maria nel borgo di Ognina. *Tratto da Storia di Catania. Vol. I - sino alla fine del secolo XVIII – Ferrara Francesco – Editrice Dafni – 1989 – pag. 103*

QUARTIERE CUTELLI

La sola edicola presente è in via Landolina 60: Santissimo Sacramento, dipinto su lamierino, 60x80 cm.

Relativamente alla sua estensione ed alla povertà (degli altri quartieri), si può dire ricca di piazze, contandone ben cinque spaziose: quella dei Martiri, del Carcere, del Collegio Cutelli, dell'Università e del teatro Bellini. *Tratto da Piano Regolatore pel risanamento e per l'ampliamento della Città di Catania – Progetto del B. ne Gentile Cusa – Tipografia C. Galatola – 1888 – pag. 242.* Apertura e costruzione di una via – via Collegio Cutelli – che, isolando il Collegio, unisca direttamente la via S. Gaetano con quella del Teatro Massimo. Sistemazione di Piazza Bellini, espropriando e demolendo una parte della casa Tremestieri e la casa a levante di essa. Allargamento della via Cestai per portarla dalla larghezza di metri tre a quella di metri sette circa. *Tratto da Piano Regolatore pel risanamento e per l'ampliamento della Città di Catania – Progetto del B. ne Gentile Cusa – Tipografia C. Galatola – 1888 – pag. 335,336.* Avendo il decreto reale fissato a 10 anni il termine per la esecuzione completa di tutto il piano regolatore, nel corso stesso del 1873 si diede principio ai lavori per lo ampliamento e per la sistemazione di Piazza Cutelli ... . *Tratto da Piano Regolatore pel risanamento e per l'ampliamento della Città di Catania – Progetto del B. ne Gentile Cusa – Tipografia C. Galatola – 1888 – pag. 340.* L'architetto Carlo Sada, progettista, arredatore, direttore dei lavori di costruzione del Teatro Massimo Bellini, fu costretto ad usare il gas invece dell'energia elettrica nell'impianto d'illuminazione del teatro stesso. Ciò in forza al *contratto-capestro,* stipulato tra il Comune e la *Società belga del gaz,* in quell'epoca ancora vigente. *Tratto da Catania gli anni belli. – Sciacca Lucio – Giuseppe Maimone Editore – 1992 – pag. 117.*

QUARTIERE PIANO DI GIACOBBE

Edicole presenti : via Bonajuto 3: Madonna con Bambino, dipinto su lamierino, 100x145 cm; via Landolina (di fronte al civico 30) : Madonna con Bambino,dipinto su legno, 40x50 cm; Sant'Agata, stampa su carta, 20x15 cm; via San Lorenzo 8: Sant'Agata, tondo di ceramica, diam 30 cm; via Beato Cardinale Giuseppe Benedetto Dusmet 73: Sant'Agata, stampa su carta, 104x180 cm; via Vecchia Dogana 5: Immacolata Concezione, dipinto su intonaco, 60x100 cm; via Pozzo Santa Barbara 26: Madonna dell'Addolorata, dipinto su lamierino, 30x60 cm; via Carnazza Amari 8: Madonna dell'Addolorata, dipinto su lamierino, 40x60 cm; via Carnazza Amari 6: Madonna Nera, stampa su carta, 10x20 cm.

Per aerare la piazzetta di San Placido si volle demolita l'antica porta Vega o Saracena o del Porticello che ne chiudeva lo sbocco a mare. *Tratto da Piano Regolatore pel risanamento e per l'ampliamento della Città di Catania – Progetto del B. ne Gentile Cusa – Tipografia C. Galatola – 1888 – pag. 78.* La *bella saia,* cantata in versi dal Gravina le cui acque di scolo scanalato, andavano ad alimentare poco distante le cannelle di un lavatoio pubblico, oggi demolito, aveva dinanzi a sé una grande piazza larga dieci canne e lunga cinquanta (oggi Piazzetta Pardo), dalla quale si iniziava quella strada che correva lungo le mura della città per centosettanta canne, fatta costruire anche dal Lanario, poiché insino al 1621 molto angusta e malagevole era tale tratto di spiaggia sotto alla cortina, tanto che la bara di S. Agata – scrive il Carrera – si era una volta trovata esposta alla furia del mare, che s'era miracolosamente ritirato per cederle il passo. D'allora la nuova via, chiamata Lanaria – oggi Dusmet – divenne per i catanesi un luogo di delizia; vi andavano a passeggio, in carrozza ed a piedi, e nella estate sedevano sulle banchine che erano poste lungo il margine, per godersi il fresco vespertino e per ascoltare dolci concerti di melodia soave. *Tratto da Catania prima del 1693 – Policastro Guglielmo – Società Editrice Internazionale – 1952 – pag. 14,15*. Il rione di S.ta Domenica ... confinava con quello del Salvatore, intus civitatem, così detto per l'esistenza di una Cappella in mezzo alle case di Bonaiuto che avevano allato una torre innalzatesi enormemente e il palazzo era di fronte al monastero ed alla chiesa di S. Giuliano ... . *Tratto da Catania prima del 1693 – Policastro Guglielmo – Società Editrice Internazionale – 1952 – pag. 127*. Dentro il cortile del Platamone eravi una cappella gentilizia, fondata da Alemanna Russo, moglie di Jacobo Camuglia, dedicata a S. Pantaleone; ... i confini della parrocchia (della chiesa di S. Pietro) continuavano quindi dietro le case del detto Platamone, scendevano fino alla casetta di Francesco la Scaletta e procedendo oltre, sino alle case di Manfredi de Lanza e alle case del magnifico Raimondo Raimondetta ... . *Tratto da Catania prima del 1693 – Policastro Guglielmo – Società Editrice Internazionale – 1952 – pag. 214,215*. Prima del terremoto del 1693 (il monastero di San Placido) era completamente isolato. Quando però le monache benedettine decisero la ricostruzione della loro dimora e acquistarono a tale scopo anche il terreno adiacente, il pregevole cimelio rimase chiuso tra le mura della nuova fabbrica. *Tratto da Memorie storiche di Catania. Fatti e leggende. – Lo Presti Salvatore – Cav. Niccolò Giannotta – 1961 – pag. 54,55*. Dirimpetto (la Chiesetta patronata della Famiglia Buonajuto, sotto il titolo del SS. Salvatore), (ad oriente) è eretto, sotto un arco profondamente incavato nel muro l'unico altarino sormontato da una bella tela con l'effigie di M. SS. di Valverde, e presso lo stesso vedesi un genuflessorio. *Tratto da Guida alle chiese di Catania. – Rasà Napoli Giuseppe – Tringale Editore – 1984 – pag. 437*

QUARTIERE INDIRIZZO

Edicole presenti : via San Sebastiano 27: San Giuseppe con Bambino, statua in gesso, h 130 cm; via Cristoforo Colombo 26: Madonna delle Grazie, stampa su carta, 40x60 cm; via Grimaldi 27: Madonna delle Grazie, dipinto su legno, 70x120 cm.

Nel 1616 sono i Carmelitani che si fanno fabbricare il convento di S. Maria dell'Indirizzo in un locale che ai tempi romani era occupato dalle pubbliche terme. *Tratto da Piano Regolatore pel risanamento e per l'ampliamento della Città di Catania – Progetto del B. ne Gentile Cusa – Tipografia C. Galatola – 1888 – pag. 38*. E prima di terminare il secolo (il XVII) sono i Chierici Regolari Minori che costruiscono una seconda casa dove è ora l'ex convento dei Minoritelli presso la Chiesa della Rotonda. *Tratto da Piano Regolatore pel risanamento e per l'ampliamento della Città di Catania – Progetto del B. ne Gentile Cusa – Tipografia C. Galatola – 1888 – pag. 39*. A pochi passi dal Duomo c'è una via Mancuso, c'è un quartiere dell'Indirizzo: ma essi sono ancora poco paragonati al soffocante ed angusto quartiere di S. Berillo, paragonati a quello dell'Idria, ... e a quel lurido laberinto di catapecchie che si chiama Civita. *Tratto da Piano Regolatore pel risanamento e per l'ampliamento della Città di Catania – Progetto del B. ne Gentile Cusa – Tipografia C. Galatola – 1888 – pag. 235,236*. ... La Chiesa di S. Maria della Rotonda, ... riutilizza i resti di un edificio termale romano, la cui ristrutturazione risalirebbe al VI secolo .... Si tratta di uno dei pochi edifici, unitamente alla cappella Bonaiuto, rimasti illesi nei due terremoti del 1169 e del 1693 ..., e che ha svolto con continuità la sua funzione religiosa fino al secolo XIX. *Tratto da Catania terremoti e lave. Dal mondo antico alla fine del Novecento. – Boschi Guido, Guidoboni Emanuela – Editrice Compositori – 2001 – pag. 42*. L'edificio di S. Maria della Rotonda prende il nome della forma *rotonda*. Era l'atrio della di uno stabilimento termale. ... La terma fu adibita a chiesa e fu dedicata alla Madonna: da qui il nome S. Maria della Rotonda o Panteon. Sull'apertura a sud si trovava fino al 1900 una lapide che recava la lapide: *Quello che la pietà dei catanesi aveva eretto all'inutile superstiziosa venerazione di tutti gli dèi, questo stesso, tolto l'errore della falsa religione negli stessi primordi della nascente fede, S. Pietro principe degli apostoli consacrò nell'anno di grazia 44 a Dio Ottimo Massimo e alla sua genitrice ancora vivente nell'anno II di Claudio Imperatore. Tratto da Storia di Catania. Vol. I sino alla fine del secolo XVIII – Ferrara Francesco – Editrice Dafni – 2001 – pag. 15*

QUARTIERE SAN FRANCESCO DEI CORVISIERI

La scossa dell'11 gennaio (del 1693) delle ore 13:30 GMT causò il crollo quasi totale dell'edificio: rimase in piedi la parte destra del muro absidale dove era situata l'urna della regina Eleonora moglie di Federico II di Aragona. La cappella della SS. Immacolata fu ricostruita con il contributo di un privato. La chiesa e il convento dei padri Minori di S. Francesco furono costruiti a partire dal 1329, con il contributo economico della stessa regina Eleonora, sui resti di un antico tempio. *Tratto da Catania terremoti e lave. Dal mondo antico alla fine del Novecento. – Boschi Guido, Guidoboni Emanuela – Editrice Compositori – 2001 – pag. 142.* Poco distante dalla Piazza Fera, verso ponente, vi era la piazza San Filippo (area piazza Mazzini), e il Piano delle erbe (nella zona dell'attuale piazza San Francesco); su quest'ultimo si affacciavano numerose botteghe di proprietà della Chiesa Maggiore, alcune taverne e la Curia Capitanale. *Tratto da Catania. L'identità urbana dall'antichità al Settecento. – Scalisi Lina – Domenico Sanfilippo Editore – 2010 – pag. 128.* Successo ebbe ... l'iniziativa di una fabbrica di busti per signore normali, grasse e difettose, panciere, lacci di filo e di seta, stecche di balena molli ed axtraforti ed ogni altro assortimento del genere. *Tratto da Catania gli anni belli.– Sciacca Lucio – Giuseppe Maimone Editore – 1992 – pag. 27.*

QUARTIERE DI SAN GIULIANO

La scossa dell'11 gennaio *del 1693* delle ore 13:30 GMT causò il crollo pressoché totale dell'edificio. *Tratto da Catania terremoti e lave. Dal mondo antico alla fine del Novecento. – Boschi Guido, Guidoboni Emanuela – Editrice Compositori – 2001 – pag. 143*

QUARTIERE MINORITI

Nel 1625 sono i Chierici Regolari Minori che si stabiliscono nella casa degli Orfanelli e tre anni dopo nel nuovo convento fabbricato appositamente accosto alla chiesa di S. Michele (Minoriti). *Tratto da Piano Regolatore pel risanamento e per l'ampliamento della Città di Catania – Progetto del B. ne Gentile Cusa – Tipografia C. Galatola – 1888 – pag. 38.* Altra chiesa, chiamata S. Maria li Martiri, seu *Novaluchello* ... soggetta alla Compagnia di Gesù si trovava nei dintorni della casa di D. Antonio Paternò Castello, barone di Mandrerascate, oggi palazzo di Sangiuliano; prima era appartenuta al monastero di donne della SS. Trinità, fondato nel 1351, che fu nel 1554 incorporato, per ordine del vescovo Caracciolo, al vicino monastero di Porto Salvo costruito nel piano della Sigona, ora piazza Manganelli. *Tratto da Catania prima del 1693 – Policastro Guglielmo – Società Editrice Internazionale – 1952 – pag. 109*

QUARTIERE SAN BERILLO

Edicole presenti : via G. Maraffino angolo via Rocchetta 16: Madonna con Bambino, dipinto su lamierino, 40x70 cm; via Di Marco 14: Madonna con Bambino, formella in gesso, h 20 cm; Cuore di Gesù, stampa su carta, 20x30 cm; San Michele Arcangelo, stampa su carta, 15x18 cm; Cuore di Maria, stampa su carta, 20x15 cm; San Pio, stampa su carta, 10x15 cm; Madonna, statua in gesso, h 25 cm; Sant'Antonio da Padova, stampa su carta, 20x30 cm; via Di Marco angolo vicolo delle Belle: Madonna con Bambino, dipinto su intonaco, 70x150 cm; piazza Gandolfo 18: San Giuseppe con Bambino, stampa su carta, 40x50 cm; via Giuseppe di Stefano 5: Sant'Agata, stampa su carta, 80x120 cm; via Monsignor Ventimiglia 99: Sant'Agata al Carcere, stampa su carta, 20x30 cm; via Reggio angolo via Pistone: Cuore di Maria, stampa su carta, 20x30 cm; piazzetta delle Belle 18: Natività, stampa su carta, 60x80 cm.

... Ciò che rende questo quartiere insalubre è la mancanza di ventilazione per l'angustia delle vie, che se sono in gran parte diritte e tagliate ortogonalmente, sono d'altra parte strettissime. Nel suo interno non ha che una sola piccola piazza, il Piano Massarello, e poi nessun altro suolo libero, né un solo giardino: ha per converso un nucleo di casupole e di chiassuoli molto angusti, specialmente nelle adiacenze della Chiesa di S. Cristofaro e di via Coppola. *Tratto da Piano Regolatore pel risanamento e per l'ampliamento della Città di Catania – Progetto del B. ne Gentile Cusa – Tipografia C. Galatola – 1888 – pag. 240,241.* ... la caratteristica di questo (quartiere) è quella di avere il maggior numero delle sue strade tagliate quasi ortogonalmente tra loro, ma strettissime e profonde. L'assoluta mancanza di piazze, di larghi e di cortili ampi, la lunghezza non piccola delle strade, la sempre crescente altezza delle case e l'angustia eccessiva di queste straduzze, strette in media tre metri, pare dovrebbero rendere infelicissime le condizioni sanitarie di questa parte della città. Invece, la statistica sanitaria è là ad attestare il contrario: essa ci dice che, mentre la mortalità media annua di tutta Catania è del 30 per 1000, quella verificatasi in questo quartiere nel quadriennio ultimo, si conservò inferiore al 16 per 1000. ... per aerare il quartiere e migliorarne le condizioni di comodo, sarebbe indicatissimo allargare le due vie più lunghe del quartiere e che lo tagliano in croce, cioè: la via De Gaetani e la Zappalà. ... Con ciò si otterrebbe un beneficio igienico ed edilizio notevolissimo, ma non radicale per tutto il quartiere: perché il giovamento non si estenderebbe alle case delle altre vie che sono ancora più strette: non a quelle dirette da nord a sud, - via Santoro, Simona, Rapisarda, Pipistrello -, né a quelle dirette da est ad ovest – vie S. Berillo, Tessitore, Cannavò e Deodati. ... Di quel mostruoso aggregato di case importanti e di luride catapecchie che formano i vicoli Reggio, Pistone, De Marco, Ciancio, Nicolosi, De Pasquale, Dibartolo, Deluca, delle Belle e Moschetti? *Tratto da Piano Regolatore pel risanamento e per l'ampliamento della Città di Catania – Progetto del B. ne Gentile Cusa – Tipografia C. Galatola – 1888 – pag. 332,333.* Sulla utilità di prolungare questa via ad oriente della Piazza S. Maria degli Ammalati il Consiglio Comunale si è ... pronunziato favorevolmente ... . La lunghezza del prolungamento, cioè della parte compresa tra la Piazza di S.M. degli Ammalati e la via Messina è di m. 750 e la sua larghezza di m. 12,00: cioè due metri più larga di quella dell'attuale via S. Elia. *Tratto da Piano Regolatore pel risanamento e per l'ampliamento della Città di Catania – Progetto del B. ne Gentile Cusa – Tipografia C. Galatola – 1888 – pag. 421,422.* L'opera maggiore promossa dall'amministrazione pubblica fu la realizzazione della ferrovia Catania-Messina nel 1866, e la costruzione degli edifici ferroviari nella zona dell'Armisi prospiciente il mare. Questo intervento focalizzò gli interessi dei privati nel quadrante nordest della città, determinando un impulso edilizio nel quartiere di S. Berillo, che si sviluppò ulteriormente, ma ancora senza un piano preordinato. *Tratto da Catania terremoti e lave. Dal mondo antico alla fine del Novecento. – Boschi Guido, Guidoboni Emanuela – Editrice Compositori – 2001 – pag. 175.*

QUARTIERE CIVITA

Edicole presenti : via Pescatori 5: Sacra Famiglia, stampa su carta, 60x40 cm; via Billotta 17: Sacra Famiglia, dipinto su lamierino, 60x120 cm; via Serravalle 33: Sacra Famiglia, dipinto su muro, 50x60 cm; via Famà 16: Sacra Famiglia, stampa su carta, 50x80 cm; via Concezione 5: Sacra Famiglia, dipinto su muro, 80x160 cm; Immacolata Concezione, statua in gesso, h 40 cm; via Scrudato 1: Madonna con Bambino, dipinto su lamierino, 80x130 cm; Immacolata Concezione, statua in gesso, h 100 cm; piazza San Francesco di Paola 11: Madonna con Bambino, dipinto su lamierino, 90x120 cm; Sant'Agata, stampa su carta, 42x30 cm; San Francesco di Paola, stampa su carta, 13x18 cm e 20x30 cm; via Luigi Sorrentino 38: Sant'Agata, statua in marmo, h 70 cm; largo XVII Agosto 7: Immacolata Concezione, statua di ceramica, h 40 cm; via Sorrentino 24: Immacolata Concezione, dipinto su lamierino, 140x200 cm; via Colapesce 13: Immacolata Concezione, statua di gesso, h 40 cm; vico Civita 3: Madonna del Rosario, stampa su carta, 30x40 cm.

Dal bastione grande (le mura di Catania si dirigevano) verso nord seguendo, presso a poco, la direzione della via di fronte al Collegio Cutelli che ha preso appunto il nome di Porta di Ferro dal nome della porta di fronte alla chiesa di S. Francesco di Paola, demolita alcuni anni fa per la sistemazione della Civita. *Tratto da Piano Regolatore pel risanamento e per l'ampliamento della Città di Catania – Progetto del B. ne Gentile Cusa – Tipografia C. Galatola – 1888 – pag. 35.* Così nel primo anno, 1880, ... si poterono incominciare i lavori per ... l'apertura delle vie Porta di Ferro e S. Gaetano alla Civita ... . Nel 1882 si completò la costruzione della via Porta di Ferro e di S. Gaetano si continuò quella della Marina (terzo tratto). *Tratto da Piano Regolatore pel risanamento e per l'ampliamento della Città di Catania – Progetto del B. ne Gentile Cusa – Tipografia C. Galatola – 1888 – pag. 96,97.* La Civita (era) il nucleo centrale ed il cuore (del quartiere Porto). Da dieci anni, atteso il suo stato miserando, si lavora a trasformarla, ma la demolizione richiesta per risanarla non ha raggiunto il suo termine ... . La vecchia Civita fu sventrata dalle tre grandi vie S. Gaetano, Porta di Ferro e Calì ... . *Tratto da Piano Regolatore pel risanamento e per l'ampliamento della Città di Catania – Progetto del B. ne Gentile Cusa – Tipografia C. Galatola – 1888 – pag. 243.* Fra i molti quartieri insalubri di Catania quello che ... tiene tuttora il poco invidiabile primato della meschinità e della sporcizia è la parte di caseggiato della sezione Porto denominata Civita. Posta ... nel sito istesso in cui, prima del cataclisma del 1693, si trovava l'antica Civita superba dei suoi molti palazzi, essa dello antico splendore non conserva, ironia del destino, altro che il nome. ... I palazzi signorili scomparvero per sempre. ... Fra il labirinto delle viuzze, in cortili malsani, in case squallide e cadenti, non s'incontra più che gente misera ed afflitta ... . *Tratto da Piano Regolatore pel risanamento e per l'ampliamento della Città di Catania – Progetto del B. ne Gentile Cusa – Tipografia C. Galatola – 1888 – pag. 336.* Nel corso del 1875 fu cominciata la via Calì, che venne compiuta l'anno dopo .... La via Porta di Ferro fu iniziata nel 1880, cioè 7 anni dopo la compilazione del progetto di massima .... *Tratto da Piano Regolatore pel risanamento e per l'ampliamento della Città di Catania – Progetto del B. ne Gentile Cusa – Tipografia C. Galatola – 1888 – pag. 340.* La via S. Gaetano, infine, fu costruita nel 1881. *Tratto da Piano Regolatore pel risanamento e per l'ampliamento della Città di Catania – Progetto del B. ne Gentile Cusa – Tipografia C. Galatola – 1888 – pag. 340.* ... tra (una) via parallela alla via Vittorio Emanuele e le vie Porta di Ferro e S. Gaetano, rimarrebbe uno spazio quadrilatero lungo 70 metri e largo 40, che nello stato attuale è occupato da 25 case a più piani stranamente addossate tra loro e prospicienti sopra vie e sopra parecchi cortiletti. *Tratto da Piano Regolatore pel risanamento e per l'ampliamento della Città di Catania – Progetto del B. ne Gentile Cusa – Tipografia C. Galatola – 1888 – pag. 342.* La *bella saia*, cantata in versi dal Gravina le cui acque di scolo scanalato, andavano ad alimentare poco distante le cannelle di un lavatoio pubblico, oggi demolito, aveva dinanzi a sé una grande piazza larga dieci canne e lunga cinquanta (oggi Piazzetta Pardo), dalla quale si iniziava quella strada che correva lungo le mura della città per centosettanta canne, fatta costruire anche dal Lanario, poiché insino al 1621 molto angusta e malagevole era tale tratto di spiaggia sotto alla cortina, tanto che la bara di S. Agata – scrive il Carrera – si era una volta trovata esposta alla furia del mare, che s'era miracolosamente ritirato per cederle il passo. D'allora la nuova via, chiamata Lanaria – oggi Dusmet – divenne per i catanesi un luogo di delizia; vi andavano a passeggio, in carrozza ed a piedi, e nella estate sedevano sulle banchine che erano poste lungo il margine, per godersi il fresco vespertino e per ascoltare dolci concerti di melodia soave. *Tratto da Catania prima del 1693 – Policastro Guglielmo – Società Editrice Internazionale – 1952 – pag. 14,15.* Dopo l'angolo del Bastione Grande, il muro si rivoltava verso settentrione, ed aveva poco dopo la "Porta di Ferro *facci fronte S. Francesco di Paola...di molto bisogno, stante che è bisogno per la factione del molo, del intrari et usciri molti sorti di armamenti, che non potriano passare per altra parte...* Essa era così chiamata perché celava sotto la copertura di ferro una delle celebri porte di legno, conquistate dall'imperatore Carlo V in Africa e qui trasportate. Fu bruciata nel 1647 dai ribelli, e dei frantumi rimasti ne fu fabbricata un'altra. *Tratto da Catania prima del 1693 – Policastro Guglielmo – Società Editrice Internazionale – 1952 – pag. 21,22.* Il quartiere della Civita, *abitato quasi tutto dalla nobiltà del Paese* era tanto esteso, che nel 1496 spinse i Giurati *pro suspicione pestis* a dividerlo *in dui parti* designando per la vigilanza, due capitani per ciascuna di essa. *Tratto da Catania prima del 1693 – Policastro Guglielmo – Società Editrice Internazionale – 1952 – pag. 105 .* La prima parte del quartiere della *civita* continuava, quindi, a svilupparsi internamente seguendo le mura della città dalla porta di Jaci fino a S. Ursula; *Tratto da Catania prima del 1693 – Policastro Guglielmo – Società Editrice Internazionale – 1952 – pag. 113.* Il culto di S. Francesco di Paola a Catania risale alla venuta dei monaci dell'ordine dei *Minimi* i quali, nel 1523, ebbero assegnata da Raimondo Cicala la chiesa di S. Onofrio, fuori Porta di Ferro, e fabbricato il convento … . In seguito, però, al terremoto del 1693 … il convento *bello sì per la magnificenza delle fabbriche, ed altrettanto ricco, per gli ornamenti che sfolgoravano nella chiesa, …, divenne, in uno alla chiesa stessa un cumulo di rovine ….* Pochi anni dopo, però, sia il convento che la chiesa vennero riedificati, e con maggior decoro di prima. Ma (nella) notte tra il 23 e 24 agosto 1894 la chiesa … venne divorata da un formidabile incendio scoppiato in un deposito di legname ad essa attiguo. … All'inizio (del XX secolo) … la chiesa risorgeva di nuovo, nella piazzetta S. Francesco di Paola, su progetto dell'architetto Sebastiano Ferito. … S. Francesco di Paola è … il protettore dei pescatori e marinari del golfo di Catania, i quali gli dedicano speciali feste la seconda domenica di Pasqua, portando in processione la sua statua per le vie del quartiere (Civita). *Tratto da Memorie storiche di Catania. Fatti e leggende – Lo Presti Salvatore – Cav. Niccolò Giannotta – 1961 – pag. 233,234,235.* Un rigagnolo di acqua sporca si era formato in via Serravalle e nel tratto che conduce in piazza San Francesco di Paola. … Una poveraglia, mancante di tutto, popolava il vasto rione della *Civita*, e le donne, principalmente, rendevano più difficili, con la loro sporcizia, le condizioni poco igieniche dell'abitato. … La *Civita*, da secoli, si era chiusa in una muraglia impenetrabile, e non permetteva che un raggio di luce penetrasse. Una scuola era stata aperta nelle vicinanze, ma era pochissimo frequentata. I fanciulli, scalzi e cenciosi, razzolavano, come le galline, per ogni dove; le ragazze, dalle vesti sporche e dai capelli arruffati, accompagnavano le mamme al lavatoio. … *Tratto da Quella Catania. Storia e Società della città etnea – Correnti Santi – Tringale Editore – 1983 – pag. 303.* Non possiamo escludere che il nuovo quartiere formatosi a ridosso della città antica possa essere stato inglobato all'interno di nuove fortificazioni solo in età normanna, sulla base del confronto con quanto avviene a Palermo, dove i quartieri extra moenia verranno recinti da mura con Ruggero II . La scelta topografica della cattedrale di S. Agata … si inserirebbe così nella più vasta necessità di proteggere e fortificare questo nucleo abitato attorno al porto, ma anche di sorvegliare un'area a forte densità musulmana. Nacque così attorno alla cattedrale e al monastero di Sant'Agata la cittadella vescovile il cui impianto fortificato è purtroppo poco noto, ma al cui interno si concentravano le funzioni politiche e religiose, prerogativa del vescovo per tutta l'età normanna. Da essa prese origine il toponimo di Civita denominazione con la quale per estensione si finì coll'indicare nel basso medioevo tutti i quartieri della parte più orientale di Catania, dal porto a Porta Aci e dalla via della Luminaria fino a Porta Pontone. … *Tratto da Catania terremoti e lave. Dal mondo antico alla fine del Novecento. – Boschi Guido, Guidoboni Emanuela – Editrice Compositori – 2001 – pag. 47*

QUARTIERE STAZIONE

Edicole presenti : via Tezzano 43, San Giuseppe con Bambino, busto in gesso, h 50 cm; via Platamone 41: Cristo crocifisso, 50x40 cm; via Di Stefano 22: Cristo crocifisso, statua in metallo, 20x40 cm; Madonna di Lourdes, stampa su carta, 30x40 cm; via Di Stefano 30: Madonna del Rosario, dipinto su lamierino, 50x70 cm.

Le vie di quasi (tutto il quartiere Stazione) sono diritte e tagliate ortogonalmente, ma piuttosto strette; poiché se le strade nuove sono larghe m. 10, le più antiche sono in media minori di 7 metri. Le vie sistemate sono pochissime, la quasi totalità è sprovvista di ogni sorta di copertura e stante il gran roteggio dei carri, in uno stato addirittura pessimo. E questo stato di abbandono è reso ancora più grande dal paragone collo stato soddisfacente delle numerose e regolari case che vi sono sorte nei due ultimi decenni, e che hanno nobilitato ed ingrandito tutto il quartiere. *Tratto da Piano Regolatore pel risanamento e per l'ampliamento della Città di Catania – Progetto del B. ne Gentile Cusa – Tipografia C. Galatola – 1888 – pag. 241,242.* … il caseggiato … a settentrione ed a levante della Chiesa del Crocifisso è posteriore al 1848, ed il maggior numero delle case sono sorte nell'ultimo ventennio. Segue da ciò che questi quartieri si trovano in buone condizioni di aeramento, perché le vie, segnatamente quelle dirette da est ad ovest, sono piuttosto larghe e bene orientate. *Tratto da Piano Regolatore pel risanamento e per l'ampliamento della Città di Catania – Progetto del B. ne Gentile Cusa – Tipografia C. Galatola – 1888 – pag. 334.* L'antica chiesa del Signore ritrovato sorge dapprincipio sul terreno lavico vestito di opunzie presso la piazza della Statua; oggi denominata dei Martiri per esservi stati fucilati l'anno 1837 (alcuni eroi). *Tratto da Guida alle chiese di Catania. – Rasà Napoli Giuseppe – Tringale Editore – 1984 – pag. 397*

QUARTIERE ANGELO CUSTODE

Edicole presenti : via Mulino a vento 24: Sacra Famiglia, stampa su carta, 50x70 cm; via Sant'Angelo Custode angolo via Gramignani: San Giuseppe con Bambino, statua di gesso, h 100 cm; via Plebiscito 215: Sant'Agata al Carcere, dipinto su intonaco, 70x170 cm; via Cusmano 6: Madonna del Carmelo, stampa su carta, 40x60 cm; via Plebiscito 171: Madonna dell'Assunzione, dipinto su intonaco, 95x160 cm.

Il monastero di S. Benedetto, fondato nel 1334 da una Alemanna Lumello e da un Ruggiero La Matina presso contrada detta del Molino a vento. *Tratto da Piano Regolatore pel risanamento e per l'ampliamento della Città di Catania – Progetto del B. ne Gentile Cusa – Tipografia C. Galatola – 1888 – pag. 32.* È la porzione a sud di via Plebiscito e dell'ultimo tratto di via Garibaldi, e per la maggior parte è di recentissima costruzione. … In tutto l'interno del caseggiato non esiste una sola piazza e lo stato delle strade, in certa località, è addirittura intollerabile. *Tratto da Piano Regolatore pel risanamento e per l'ampliamento della Città di Catania – Progetto del B. ne Gentile Cusa – Tipografia C. Galatola – 1888 – pag. 244.* (Dal 1883 al 1886) il numero massimo dei morti (in città) si verificò nella sezione dell'Angelo Custode, dove la mortalità annua media raggiunge la cifra di 364 individui. *Tratto da Piano Regolatore pel risanamento e per l'ampliamento della Città di Catania – Progetto del B. ne Gentile Cusa – Tipografia C. Galatola – 1888 – pag. 279.*

QUARTIERE CASTELLO

Edicole presenti : via Magazzini 27: Sacra Famiglia, dipinto su tela, 55x95 cm; piazza Federico II di Svevia 1: Sacra Famiglia, dipinto su intonaco, 55x95 cm; Sacra Famiglia, statua di gesso; Cristo, ovale in gesso, 40x50 cm; Piazza Federico II di Svevia 97: Madonna con Bambino, 80x130 cm; via Grimaldi 15: San Giuseppe con Bambino, stampa su carta, 30x40 cm; San Pio: stampa su carta, 10x15 cm; piazza Federico II di Svevia angolo via Sant'Angelo Custode: San Giorgio e il Drago, dipinto su legno, 70x100 cm; via Castello Ursino 53: Santa Teresa, statua di gesso, h 40 cm.

… per tenere in soggezione gli abitanti ed in sicurezza chi la governava si assicura che sia stato fatto costruire in quel tempo – nel 1232 – il Castello Ursino sulla antica rocca detta Saturnia che allora era lambita dal mare. *Tratto da Piano Regolatore pel risanamento e per l'ampliamento della Città di Catania – Progetto del B. ne Gentile Cusa – Tipografia C. Galatola – 1888 – pag. 27.* Il convento di S. Domenico, fondato nel 1313 dove è ora la Chiesa di S. Sebastiano, era stato demolito d'ordine di re Martino nel 1405 per sicurezza del castello Ursino. *Tratto da Piano Regolatore pel risanamento e per l'ampliamento della Città di Catania – Progetto del B. ne Gentile Cusa – Tipografia C. Galatola – 1888 – pag. 31.* Il castello Ursino era incluso nella cinta e perciò circondato da muraglie e da bastioni, di cui quelli verso mare intitolavansi di S. Croce e di S. Giorgio. *Tratto da Piano Regolatore pel risanamento e per l'ampliamento della Città di Catania – Progetto del B. ne Gentile Cusa – Tipografia C. Galatola – 1888 – pag. 35.* Amplissimo era … il quartiere limitrofo di S. Filippo che cominciava dal Castello Ursino; costruito da Federico di Svevia nel 1239 servì di residenza ai re aragonese; bagnato al sud-est dal mare fu investito e danneggiato dalla eruzione del 1669 ed il terremoto del 1693 *distrusse la parte superiore dell'ala di mezzogiorno e lesionò alcuni torrioni.* *Tratto da Catania prima del 1693 – Policastro Guglielmo – Società Editrice Internazionale – 1952 – pag. 217*

Quindi il quartiere si estendeva comprendendo il rione dello *Judicello* e quello della *porta d'immezzo*, sino al teatro (Greco) ossia Colosseo, avanti la chiesa di S. Agostino. *Tratto da Catania prima del 1693 – Policastro*

Guglielmo – Società Editrice Internazionale – 1952 – pag. 219. Il Castello Ursino fu fabbricato da Federico lo Svevo nel 1232, fu residenza dei re Aragonese e nel 1491 vi morì D. Ferrando de Acugna viceré di Sicilia tumulato nella cappella della cattedrale di Catania …. Questo castello fu alzato sulla così detta rocca Saturnia ov'era un fosso, nel quale l'anno 253, passando per Catania i santi martiri della Guascogna: Alfio, Filadelfo e Cirino; dei quali esiste il carcere nella chiesa della SS. Concezione dei Chierici Regolari Minori – vulgo Minoritelli – vi furono trattenuti prigionieri per una notte quando vennero tradotti a Lentini. *Tratto da Guida alle chiese di Catania. – Rasà Napoli Giuseppe – Tringale Editore – 1984 – pag. 304*

QUARTIERE SANTA CHIARA

Edicole presenti : via Castello Ursino angolo via Transito: San Giuseppe con Bambino, stampa su carta, 40x60 cm; via Sgroi 3: Madonna del Carmelo, dipinto su intonaco, 100x150 cm.

Fra i rioni della Triscini è da annoverarsi pure quello di S. Chiara Seu S. Nicolai li Greci, così chiamato per la esistenza, nei pressi della posterna S. Michele, di una chiesetta dedicata a detta santa: Chicca de pace, alias Masserio nel 1436 le assegnava un beneficio sopra numerosi beni; nel 1545 la chiesa cominciò a chiamarsi S. Chiara la vecchia poiché nel 1543 il barone d'Oxuni aveva disposto d'erigersi un monastero di donne sotto la regola di S. Chiara nelle proprie case collaterali alla chiesa di S. Lorenzo. *Tratto da Catania prima del 1693 – Policastro Guglielmo – Società Editrice Internazionale – 1952 – pag. 112.* Allato la chiesa (di S. Pietro), Antonino de Paternione, barone di Oxuni, possedeva un grande tenimento di case che destinò a monastero di donne di S. Chiara da erigersi dopo la sua morte. La chiesa nel 1563 prese il nome di S. Chiara; aveva la sua facciata prospiciente sulla attuale via Castello Ursino di fronte ad una via stretta oggi, che conduceva alla piazza S. Filippo. Nella contrada che si estendeva in troppo angusti confini, nel frontispizio di un magazzino degli eredi di Caterina de Jurlando vi era una immagine di S. Chiara. *Tratto da Catania prima del 1693 – Policastro Guglielmo – Società Editrice Internazionale – 1952 – pag. 21*

QUARTIERE SANT'ANNA

La sola edicola presente è in Vico degli Angeli 9: Sant'Agata, statua in terracotta, h 45 cm.

… nello attuale vico degli Angeli, una traversa di via S. Anna, sulla facciata di una antica casa che molto probabilmente resistette al terremoto, trovasi (una) icona in cui si ammira una piccola statua di S. Agata nell'atto di calpestare una figura che pare sia un demonio in cui alcuni vogliono ravvisare Federico II di Svevia. La contrada si chiamò pure di *lu puzzu di l'albani*, il quale serviva per uso pubblico, seu della *volta del marchese*. *Tratto da Catania prima del 1693 – Policastro Guglielmo – Società Editrice Internazionale – 1952 – pag. 221.*

QUARTIERE TEATRO GRECO

La sola edicola presente è in via Tineo 16: Madonna, stampa su carta, 40x80 cm.

… la compera dell'area di via Teatro Greco, per riportare alla luce la "gemina mole" del teatro Antico e dell'Odéon; … *Tratto da Quella Catania. Storia e Società della città etnea – Correnti Santi – Tringale Editore – 1983 – pag. 17.*
… fu proprio De Felice che nel 1914 fece acquistare dallo Stato la zona dove sorgono il Teatro Antico e … l'Odéon, tra via Teatro Greco e via Vittorio Emanuele … *Tratto da Quella Catania. Storia e Società della città etnea – Correnti Santi – Tringale Editore – 1983 – pag. 121.*

QUARTIERE GESUITI

Edicole presenti : via Ardizzone 31: Sacra Famiglia, bassorilievo in gesso, 50x70 cm; Santa Rita, statua in gesso, h 40 cm; vico Beritelli 15: Sacra Famiglia, stampa su carta, 40x60 cm; vico Beritelli sn: Sacra Famiglia, dipinto su gesso, 50x60 cm; via Casa Nutrizione 2: Madonna con Bambino, stampa su carta, 20x15 cm; via Ardizzone 76: San Giuseppe con Bambino, stampa su carta, 50x70 cm; via Gesuiti 80 – Cuore di Gesù – statua in gesso – h 35 cm; via Gesuiti 96: Sant'Agata al Carcere, stampa su carta, 60x80 cm; vicolo Maura 30: San Giuseppe statua di gesso, h 30 cm; via Marino 7: Madonna del Carmelo, statua di gesso, h 60 cm; via Gesuiti 29: Madonna del Rosario, statua di ceramica, h 60 cm; vicolo Maura sn: Madonna del Rosario, statua di gesso, h 40 cm.

Nel 1788 si incomincia a costruire sulla via del Teatro Greco la casa dei Preti dell'Oratorio (Filippini). *Tratto da Piano Regolatore pel risanamento e per l'ampliamento della Città di Catania – Progetto del B. ne Gentile Cusa – Tipografia C. Galatola – 1888 – pag. 53,54.* ... le terme achillee colla Palestra, col Ginnasio e con altri locali dipendenti, si estendevano sul suolo occupato ora dalla piazza del Duomo, da una porzione della Cattedrale e dal palazzo Arcivescovile, dal palazzo di Città, dalla chiesa di S. Martino, dalla casa Alessi, e dalle case adiacenti all'ex convento dell'Indirizzo; le terme presso i Benedettini, dalla Chiesa dei Minoritelli si estendevano fino in piazza Dante, sicché la chiesa ottagona S. Maria della Rotonda ne sarebbe stata una parte, il Laconico. *Tratto da Piano Regolatore pel risanamento e per l'ampliamento della Città di Catania – Progetto del B. ne Gentile Cusa – Tipografia C. Galatola – 1888 – pag. 19.* La chiesa (di San Benedetto) sorge in via Crociferi col maestoso prospetto di pietra calcare rivolto ad oriente, preceduto da una cancellata di ferro quasi semicircolare a vari disegni ... Segue una gradinata marmorea, poi la porta con 10 scompartimenti a bassorilievi in legno rappresentanti alcune scene della vita di S. Benedetto ... *Tratto da Guida alle chiese di Catania. – Rasà Napoli Giuseppe – Tringale Editore – 1984 – pag. 237*

QUARTIERE SANTA NICOLELLA

Nel 1606 sono i Francescani del Terzo Ordine che per opera del Senato ottengono il potere costruire il loro convento presso la chiesa di San Nicolò di Triscino, detta ora di S. Nicolella. *Tratto da Piano Regolatore pel risanamento e per l'ampliamento della Città di Catania – Progetto del B. ne Gentile Cusa – Tipografia C. Galatola – 1888 – pag. 38*

QUARTIERE SAN BIAGIO

La sola edicola presente è in via Penninello sn: Sacra Famiglia, statua in gesso, h 100 cm.

In piazza S. Agata la Vetere, e perciò tra il bastione della Calcarella e quello degli Inferi, c'era la porta Aquilea o del Re, eretta dicesi da Re Federico e demolita non sono ancora 50 anni. *Tratto da Piano Regolatore pel risanamento e per l'ampliamento della Città di Catania – Progetto del B. ne Gentile Cusa – Tipografia C. Galatola – 1888 – pag. 35.* (La chiesa di) S. Maria della Dagala, sorgeva in fondo alla stessa *via nova* detta anche, in un editto vescovile del 1576 di *S. Francesco*, nel sito in cui oggi vi è quella di S. Camillo ai Crociferi; essa era grancia della compagnia dello Spirito Santo, che dopo il terremoto del 1693, essendo rimasta la chiesa distrutta, vendette l'area ai Camillini. Una breve strada in salita ..., l'attuale via S. Elena, si apriva allato dell'antica chiesa della Dagala. ... Ne fa fede il percorso di una processione della mammella di S. Agata, avvenuta nel 1576, per impetrare la cessazione della peste. *Tratto da Catania prima del 1693 – Policastro Guglielmo – Società Editrice Internazionale – 1952 – pag. 157.* La chiesa di S. Agata la Vetera era situata nella parte a monte della città e dava il nome ad un quartiere che cominciava dalle mura vicino la detta chiesa; dalla parte di oriente, scendendo per la via diritta, vicino a quella dietro il monastero di S. Benedetto, e poi fino alla bottega di aromatario che è di fronte alla chiesa di S. Agostino, e poi salendo sino alla chiesa di S. Barbara (oggi Minoritelli) e proseguendo per la via avanti le case ... (di) D. Lorenzo de Gioieni e di Scipione Statela fino alla porta del Re. La detta chiesa, che si vuole sia stata la prima Cattedrale di Catania, aveva collaterale, come sua cappella *situato sul terrapieno del baluardo* il carcere dove S. Agata spirò il 5 febbraio 251; sopra di esso carcere si ergeva la chiesiola di S. Pietro Apostolo; sicché ... il tetto del detto carcere è il pavimento della chiesa di S. Pietro. Il Gaetani la chiama *aedicula*. Essa cadde completamente a causa del terremoto del 1693 e divenne *postribula animalium.* *Tratto da Catania prima del 1693 – Policastro Guglielmo – Società Editrice Internazionale – 1952 – pag. 165.* (La chiesa di S. Agata La Vetere) prima era una modesta cappella eretta occultamente e consacrata dal vescovo Everio nel 264. *Tratto da Catania prima del 1693 – Policastro Guglielmo – Società Editrice Internazionale – 1952 – pag. 168.* Secondo la leggenda, S. Agata ..., non ostante l'editto di Decio, si convertì al cristianesimo, ed avendo respinto l'amore del luogotenente Quinziano, fu da lui denunziata come cristiana e condannata al ... martirio in carcere il 5 febbraio dell'anno 252 .... Il suo sacro corpo dapprincipio tumulato nell'antica chiesa di S. Leone vicino al Carmine, indi traslato in una cripta fatta costruire occultamente dal vescovo catanese S. Everio fra le rovine dell'antico pretorio presso le mura del S. Carcere, e da questo luogo passato nella chiesa di S. Agata la Vetere, ove dimorò 788 anni, fu traslato nella chiesa di S. Sofia in Costantinopoli dal generale bizantino Giorgio Maniace nel 1040, e riportato in Catania il 17 agosto 1126 sotto il vescovato di Maurizio, catanese. *Tratto da Guida alle chiese di Catania. – Rasà Napoli Giuseppe – Tringale Editore – 1984 – pag. 266*

Ignazio Paternò Castello, V principe di Biscari, appassionato di archeologia, aveva avviato, a sue spese, intorno alla metà del Settecento, scavi per portare in luce ruderi dell'anfiteatro romano. Il piccolo cantiere operò con qualche successo sotto lo sperone del Penninello, nei pressi dell'attuale via Colosseo. In seguito, nessuno si occupò di questo problema, e anzi nell'Ottocento si preferì ignorarlo del tutto. *Tratto da Catania gli anni belli. – Sciacca Lucio – Giuseppe Maimone Editore – 1992 – pag. 85*

QUARTIERE PORTA DI ACI

Edicole presenti : via Penninello 18: Sacra Famiglia, dipinto su tela, 50x100 cm; via Penninello 16: Madonna con Bambino, dipinto su lamierino, 30x60 cm.

L'Anfiteatro era certo il più vasto monumento di Catania sotto i Romani. Posto al limite settentrionale della città presso l'attuale piazza Stesicorea, era così grande che, mentre toccava la via Penninello e della Neve, si spingeva fin sotto al palazzo dei Tribunali, fino alla chiesa di S. Agata alle Fornaci e alla Casa Cerami. *Tratto da Piano Regolatore pel risanamento e per l'ampliamento della Città di Catania – Progetto del B. ne Gentile Cusa – Tipografia C. Galatola – 1888 – pag. 16.* ... il Camastra fece tracciare due grandi vie l'una all'altra trasversali. La prima tagliava la città da nord e sud, cioè dalla piazza della Cattedrale a Porta d'Aci e di là ancora in rettifilo fino al Borgo, distante dalle mura circa un chilometro, e la seconda da est ad ovest, dalla Porta Lanza presso l'attuale chiesa di S. Teresa al sommo della collina, sulla quale doveva essere riedificato, poco tempo dopo, il monastero dei PP. Benedettini. *Tratto da Piano Regolatore pel risanamento e per l'ampliamento della Città di Catania – Progetto del B. ne Gentile Cusa – Tipografia C. Galatola – 1888 – pag. 47.* La Porta di Jaci era considerata dai giurati della città anche di "*molto commercio*", perché da essa entravano i viaggiatori provenienti dalla Val Demone, in lettiga od a cavallo, ed i terrazzani dai vicini casali etnei con i loro prodotti agricoli, e dava nel contempo l'uscita alla città sulla vecchia via che conduceva al castello di Jaci di pertinenza al Vescovo .... La porta era detta anche Stesicorea, seu *S. Anna de Trixini*, seu *posterna S. Michele* ed anche *Porta di Giano*, forse perché da essa nell'antichità si andava verso il tempio dei Dio della Pace sul quale S. Leone vescovo costruiva la chiesa di S. Lucia, poi dell'Annunciata. *Tratto da Catania prima del 1693 – Policastro Guglielmo – Società Editrice Internazionale – 1952 – pag. 25.* ... gli scavi archeologici che nel 1902-1904 portarono alla luce il più illustre monumento di Catania antica, l'Anfiteatro romano di piazza Stesicoro; *Tratto da Quella Catania. Storia e Società della città etnea – Correnti Santi – Tringale Editore – 1983 – pag. 16,17* . (Nel 1669) Dalla entrata della Porta delli canali la strada estendevasi arcuata sino alla Porta di Aci.... La strada dal mare sino (alla Piazza del Mercato) dicevasi "Strada della Luminaria", e dalla stessa cominciava la *Strada Nuova. Tratto da Storia di Catania. Vol. I sino alla fine del secolo XVIII – Ferrara Francesco – Editrice Dafni – 2001 – pag. 132*

QUARTIERE SAN CRISTOFORO

Edicole presenti : via Leontini 6: Sacra Famiglia, stampa su carta, 60x90 cm; vico della Pergola 5: Madonna con Bambino, dipinto su lamierino, 50x100 cm; via Quartiere Militare 57: Sant'Agata, statua di peltro, h 50 cm; via delle Calcare 74: Sant'Agata al Carcere, dipinto su intonaco, 70x90 cm; via Garibaldi 233: Sant'Agata, stampa su carta, 20x30 cm; via delle Calcare 130: Immacolata Concezione, statua di gesso, h 30 cm; via delle Calcare 76: Immacolata Concezione, statua di gesso, h 60 cm; via Naumachia 102: San Pio, statua in terracotta, h 40 cm; via delle Calcare 88: Cuore di Maria, statua di ceramica, h 30 cm; via Meli 3: Cuore di Maria, stampa su carta, 15x30 cm; via Plebiscito 455: San Michele Arcangelo, dipinto su intonaco, 70x150 cm; via Fortino Vecchio 68: Santa Lucia, stampa su carta, 40x60 cm; via Meli 16: Santa Lucia, dipinto su gesso, 20x30 cm; via Fra Diavolo angolo via Plebiscito 281: Madonna dell'Annunziata, stampa su carta, 30x40 cm; via Plebiscito 327: San Cristoforo, statua di gesso, h 35 cm.

Nel biennio 1883-84 le opere pubbliche incominciate per conto del Municipio furono pochissime. ... Fu trasformato a quartiere militare l'ex convento di S. Domenico cesso in locazione dalla Società degli Asili Infantili. *Tratto da Piano Regolatore pel risanamento e per l'ampliamento della Città di Catania – Progetto del B. ne Gentile Cusa – Tipografia C. Galatola – 1888 – pag. 98*

QUARTIERE SANTA MARIA DELL'AIUTO

Edicole presenti : piazza Maravigna 1: Sacra Famiglia, dipinto su intonaco, 75x110 cm; via Reitano 1: Sacra Famiglia, dipinto su carta, 30x40 cm; via Di Giacomo 63: Sacra Famiglia, stampa su carta, 50x80 cm; via Santissima Trinità 50: Madonna con Bambino, dipinto su intonaco, 155x240 cm; via Naumachia 45: Madonna con Bambino, 50x70 cm; via Santa Maria dell'Aiuto 51: Madonna con Bambino, bassorilievo in ceramica, 35x50 cm; via Santa Maria dell'Aiuto 12: Madonna con Bambino, stampa su carta, 40x50 cm; via Plebiscito 218: Sant'Agata al Carcere, dipinto su intonaco, 120x120 cm; via Plebiscito 136: Cristo crocifisso, dipinto su tela, 50x90 cm; via Naumachia 18: Madonna dell'Aiuto, stampa su carta, 20x30 cm; San Giuseppe, statua di gesso, h 40 cm; via Santissima Trinità 77: Madonna dell'Aiuto, stampa su carta, 20x30 cm; via Naumachia 52: Madonna dell'Aiuto, stampa su carta, 30x40 cm; via Salvo 12: Madonna dell'Aiuto, stampa su carta, 60x80 cm; via Naumachia 10: Madonna, stampa su carta, 60x90 cm; via Garibaldi 175: Cristo alla Colonna, dipinto su lamierino, 40x80 cm.

È la porzione limitata dal mare, dalle lave di Villa Scabrosa, da via della Plaja, da via Plebiscito e dal Corso Vittorio Emanuele. Le vie di cinta sono sufficientemente larghe, quelle interne o anguste o mal lastricate o non sistemate affatto: ed in tutto il caseggiato non esiste che una sola vasta piazza: quella del Castello Ursino. *Tratto da Piano Regolatore pel risanamento e per l'ampliamento della Città di Catania – Progetto del B. ne Gentile Cusa – Tipografia C. Galatola – 1888 – pag. 243* . La Giunta di censimento, dividendo, nel 1871, la città in 15 sezioni urbane, battezzava col nome di sezione S. Maria dell'Ajuto quella enorme superficie di caseggiato che è compresa tra la via Garibaldi e la parte meridionale di via Plebiscito ad oriente di via Plaja; e con quello di sezione SS. Angeli Custodi, la parte ad ovest di questa via ed a sud della via Plebiscito. *Tratto da Piano Regolatore pel risanamento e per l'ampliamento della Città di Catania – Progetto del B. ne Gentile Cusa – Tipografia C. Galatola – 1888 – pag. 354.* La parola Naumachia è di origine greca e suona *pugna* o *battaglia navale*. Ciò basta a chiarire che molti anni prima del 1669, epoca in cui quel sito fu colmato dalle lave etnee, eravi il mare. Toglie poi ogni ulteriore dubbio il vicino cortile così detto del *Faro* esistente a tergo della chiesa evangelica, nel quale fu un tempo una lanterna (da ciò *cortile del Faro*). *Tratto da Piano Regolatore pel risanamento e per l'ampliamento della Città di Catania – Progetto del B. ne Gentile Cusa – Tipografia C. Galatola – 1888 – pag. 325.* All'imbocco di via Naumachia, nel luogo dove sorgeva l'antica Porta della Decima, si trova la chiesa di S. Giuseppe al Transito. La Vergine viene qui venerata col titolo di Madonna del Riparo. Devoti del settecentesco simulacro della Vergine ... furono Tommaso Alcalà, cavaliere dello Speron d'Oro nel 1749 e la famiglia Paternò-Castello che restaurarono la chiesa nel 1818. *Tratto da Storia di Catania. Vol. I sino alla fine del secolo XVIII – Ferrara Francesco – Editrice Dafni – 2001 – pag. 119*

QUARTIERE SANT'AGOSTINO

Edicole presenti : via Vittorio Emanuele II 320: Madonna con Bambino, dipinto su intonaco, 60x120 cm; via Verginelle 14: Cristo crocifisso, statua di gesso, 25x35 cm; Cristo, dipinto su legno, 30x35 cm; via Teatro Greco 73: Madonna Addolorata con Bambino, dipinto su carta, 80x80 cm; via Orfanelli 9: Madonna con Bambino, stampa su carta, 50x80 cm.

La chiesa di S. Agostino con il prospetto pressoché rivolto ad oriente ... dominava tutta la popolare contrada che aveva dinnanzi, composta in gran parte di case terrane, casupole (domuncole), stalle, orti e di alquanti palazzi. Vi erano pure alcune grotte e torri devastate e rovinose di proprietà della chiesa di Catania, mentre in un altro punto, ove era *una gisternella* alla quale si perveniva passando attraverso un angusto vicolo, prendeva il nome di *S. Agostino seu vanella dello strittu* o vanella dello spirdo in cui vi era un palazzotto di proprietà della chiesa di S. Bartolomeo. Dietro l'abside dell'attuale chiesa di S. Agostino, a poca distanza, sopra alcune case terrane rovinate, s'innalza un muro medioevale, il quale, dalla parte opposta, mostra all'angolo una colonnina gotica di pietra bianca con il principio di costoloni. Sono avanzi dell'antica chiesa. *Tratto da Catania prima del 1693 – Policastro Guglielmo – Società Editrice Internazionale – 1952 – pag. 177,178.* Nella ... contrada di S. Agostino esisteva una *vanella* chiamata olim *delli cupulinara* con case terrane che si gabellano a *personi poverelli*. *Tratto da Catania prima del 1693 – Policastro Guglielmo – Società Editrice Internazionale – 1952 – pag. 181.* (In via S. M. delle Grazie vi è una Cappella o Santuario costituito da) un ampio ovale sormontato dal monogramma di Maria ... . Quest'arco, esposto ad oriente, sottostà ad un palazzo ed è fiancheggiato da botteghe. La notte vien chiuso da un cancello in ferro, nel quale sono appese delle tavolette di preghiere, e presso di esso è posta al muro una cassetta per l'*obolo delle lampade*. Nell'interno del santuario è eretto, a destra entrando, un altarino di bianco marmo, adorno di quattro colonnini scanalati, cinto di balaustrata chiusa da un cancello dorato coi monogrammi di Gesù e di Maria, e su di esso altarino, ammirasi un ... quadro del secolo scorso ... dipinto sopra ben levigata lastra di ardesia con l'icona di M. SS. delle Grazie col Santo Bambino ignudo, in braccio. ... Alle pareti più in fondo di questo sacello veggonsi appesi molti quadretti votivi, nonché ex voti in cera (mani, piedi, braccia, gambe, mammelle, teste umane, occhi, ecc.) come ancora delle trecce di capelli, e dalla volte e botte e a cassettoni con ornati pende un piccolo lampadario. ... Dal 30 giugno al 2 luglio vi si celebra *ab antico* ... una festa con sfarzosa illuminazione, banda musicale che percorre le vie adiacenti e con concerti musicali serali sopra apposita orchestra che si è eretta sempre all'imbocco della strada di S. Chiara col fronte alla strada Garibaldi ... . La storia di questo sacello risale (al) 1232 (epoca dell'imperatore Federico II di Svevia, il quale nell'estate di quell'anno, accingendosi a massacrare i rivoltosi catanesi, fu ammonito con lettere di fuoco *noli offendere patriam agathae quia ultrix iniuriarum est* (traduzione: non offendere la patria di Agata perché è vendicatrice delle ingiurie) due volte; l'imperatore dunque recede dal massacrare i catanesi ma ordina la costruzione di una Porta di Ferro) eretta nel bel mezzo della città (appendendo) all'architrave due spade le quali battevano con la punta le teste degli umiliati cittadini che dovean passarla, in segno della condanna loro inflitta. Or questa Porta venne eretta appunto nel sito medesimo ove sorge L'Edicola di S. Maria della Grazia … . Sembra però che vicino all'indicata Porta … vi stesse una Edicola o Cona ov'era dipinta la effige della Beata Vergine Maria … . Quest'antica Porta fu più tardi distrutta per dare libero passaggio alle lettighe ed ai carri che passavano per quella via. In memoria della ricevuta grazia l'Edicola venne intitolata a S. Maria della Grazia, al cui destro lato come nota l'Ab. Amico fu apposta la immagine di S. Agata, come a monumento perenne dell'ottenuto prodigio … . *Tratto da Guida alle chiese di Catania. – Rasà Napoli Giuseppe – Tringale Editore – 1984 – pag. 451,452-455,456*

QUARTIERE TRINITA'

Edicole presenti : via Quartarone angolo via Vittorio Emanuele II: Madonna con Bambino, dipinto su lamierino, 40x40 cm; via Quartarone 10: Madonna con Bambino, dipinto su legno, 20x30 cm; Cuore di Gesù: statua di gesso, h 35 cm; via San Pantaleone sn: San Giuseppe con Bambino, stampa su carta, 30x40 cm; via Gesuiti 80: Cuore di Gesù, h 35 cm; via Quartarone sn: Cristo crocifisso, 140x280 cm; via Santa Barbara 44: Madonna Addolorata, stampa su carta, 30x40 cm.

Nel biennio 1883-84 le opere pubbliche incominciate per conto del Municipio furono pochissime. Fu compiuta la Via Quartarone. *Tratto da Piano Regolatore pel risanamento e per l'ampliamento della Città di Catania – Progetto del B. ne Gentile Cusa – Tipografia C. Galatola – 1888 – pag. 98.* L'ex monastero della SS. Trinità vanta per fondatrice Cesaria da Augusta: dal vico S. Martino, ove da principio fu eretto nel 1351 passò nel 1554 ad incorporarsi al monastero di Portosalvo ch'era stato eretto da Ilaria de Minerino nel 1464, di cui prese il nome, e che fu poi soppresso; quindi nel 1566 ripreso il primitivo titolo si stabilì nel collegio degli Orfani, ove perdurò fino al terremoto del 1693, dopo la quale catastrofe passò nel sito attuale … . *Tratto da Guida alle chiese di Catania. – Rasà Napoli Giuseppe – Tringale Editore – 1984 – pag. 419*

QUARTIERE ANTICO CORSO

La sola edicola presente è in via Teatro Greco angolo via Santa Barbara: Madonna della Consolazione, dipinto su carta, 40x60 cm.

Nel 1796 (si incomincia a costruire) il Conservatorio di Carcaci per le donzelle orfane. *Tratto da Piano Regolatore pel risanamento e per l'ampliamento della Città di Catania – Progetto del B. ne Gentile Cusa – Tipografia C. Galatola – 1888 – pag. 54.* Ne sono limiti ad est la piazza Dante e la via Quartarone e Trinità; a sud la via Garibaldi e la piazza Palestro; ad ovest le lave di contrada Curìa ed a nord le lave e la via della Botte dell'Acqua. … contiene molte case civili a due ed a tre piani; ma la vera massa dei fabbricati è costituita di case meschinissime ad un solo piano, allineate su viuzze anguste, accidentate, senza copertura, e permanentemente sudicie. *Tratto da Piano Regolatore pel risanamento e per l'ampliamento della Città di Catania – Progetto del B. ne Gentile Cusa – Tipografia C. Galatola – 1888 – pag. 245,246.* La piazza (Dante) a forma di esedra delimitata da edifici simmetrici, su cui prospetta la chiesa (di S. Nicolò l'Arena), fu creata nel 1774 demolendo le case costruite dopo il terremoto del 1693. Gli abitanti delle case demolite si stabilirono in case di scadente qualità a nord e a sud del monastero, dove si formarono rispettivamente i quartieri popolari Antico Corso e Lumacari. *Tratto da Catania terremoti e lave. Dal mondo antico alla fine del Novecento. – Boschi Guido, Guidoboni Emanuela – Editrice Compositori – 2001 – pag. 169.*

QUARTIERE SANTA MARIA DELL'IDRIA

Edicole presenti : via Plebiscito 650: Sacra Famiglia, dipinto su lamierino, 50x100 cm; via Monte Vergine 6: Sacra Famiglia, stampa su carta, 20x30 cm; via Monte Vergine 2A: San Giuseppe con Bambino, 20x40 cm; via Plebiscito 712: Sant'Agata, stampa su carta, 30x70 cm; via Plebiscito 652: Sant'Agata, stampa su carta, 30x40 cm; via Idria angolo via Tindaro: Cuore di Gesù, statua di gesso, h 40 cm; Madonna, statua di gesso, h 40 cm; via Santa Maddalena 11: Madonna della Salute, statua di gesso h 50 cm; via Plebiscito 780: Sant'Agata, stampa su carta, 80x120 cm; via del Piano 10: Immacolata Concezione, statua di gesso, h 40 cm.

Grande, altresì, era il numero delle terme pubbliche e delle private, e lo attestano le frequenti scoperte fatte nel sottosuolo della città. Per tacere delle altre, ricorderò le terme Achillee ristaurate ai tempi di un Pio Imperatore, e che occupavano la parte bassa della città presso la foce dell'Amenano, le terme presso S. Maria dell'Idria e quella ad est del monastero dei Benedettini. *Tratto da Piano Regolatore pel risanamento e per l'ampliamento della Città di Catania – Progetto del B. ne Gentile Cusa – Tipografia C. Galatola – 1888 – pag. 18,19.* Una torre quadrata robustissima d'architettura ogivale, detta di Don Lorenzo (Gioeni), signoreggiava l'abitato dal sommo della collina chiamata allora di Monte Vergine ed ora di S. Marta. *Tratto da Piano Regolatore pel risanamento e per l'ampliamento della Città di Catania – Progetto del B. ne Gentile Cusa – Tipografia C. Galatola – 1888 – pag. 31.* (Catastrofe del 1693) … crollò invece, la torre di Don Lorenzo, non ostante la robustezza delle sue mura. *Tratto da Piano Regolatore pel risanamento e per l'ampliamento della Città di Catania – Progetto del B. ne Gentile Cusa – Tipografia C. Galatola – 1888 – pag. 43.* Questa sezione è posta sopra un suolo molto accidentato. … (La parte posta) sull'altipiano di S. Marta (è) in condizioni igieniche cattivissime, ed il tratto più occidentale in condizione addirittura pessime. … Le condizioni altimetriche in felicissime del maggior numero delle vie: l'assenza delle coperture stradali, le viuzze irregolari e strettissime, il laberinto sudicio dei chiassuoli e dei cortili, rendono la parte più alta della collina di S. Marta ed il quartiere chiamato Corso un vero focolaio di insalubri effluvi. *Tratto da Piano Regolatore pel risanamento e per l'ampliamento della Città di Catania – Progetto del B. ne Gentile Cusa – Tipografia C. Galatola – 1888 – pag. 246.* Il quartiere del Corso all'Idria è una minaccia continua alla salute dei cittadini …; è un delitto di lesa umanità contro la classe dei dirigenti: è un vero scandalo permanente che torna a disdoro di tutta la cittadinanza. *Tratto da Piano Regolatore pel risanamento e per l'ampliamento della Città di Catania – Progetto del B. ne Gentile Cusa – Tipografia C. Galatola – 1888 – pag. 363.* … nella contrada detta Montevergine, s'innalzava una antica chiesa che intitolavasi del Santo Sepolcro a cui era annesso un Ospizio, appartenente agli Ospedalieri dell'Ordine Teutonico, che fu sempre servita dai PP. Francescani. *Tratto da Catania prima del 1693 – Policastro Guglielmo – Società Editrice Internazionale – 1952 – pag. 183.* (La chiesa di S. Maria dell'Idria) era stata fabbricata sulle rovine di alcune terme, nello stesso luogo, dove oggi si trova, dirimpetto la quale sono molti resti di un'antiva stufa, ancor oggi esistente; la sua fondazione si fa risalire al 1281; nel 1308 figura tra le 25 chiese allora in Catania che pagavano le decime al Vaticano. *Tratto da Catania prima del 1693 – Policastro Guglielmo – Società Editrice Internazionale – 1952 – pag. 186.* Il rione di S. Maria dell'Idria confinava con quello di S. Margherita che a cominciare dalle dette mura della città per la medesima via andava fino alla via, che è avanti alla chiesa di S. Agostino e saliva sino alla chiesa, ossia oratorio *lo Tindaro*. *Tratto da Catania prima del 1693 – Policastro Guglielmo – Società Editrice Internazionale – 1952 – pag. 187.* La chiesa (S. Nicolò l'Arena) non si trovava allora nell'attuale sito, ma sulla collina detta *Montevergine* – il punto più elevato della città – e precisamente fra il baluardo di S. Agata la Vetere (ossia la Porta del Re) e la contrada del Corso o di Santa Barbara, dove era risorta per volontà dei monaci benedettini sopravvissuti al terremoto del 1693. *Tratto da Memorie storiche di Catania. Fatti e leggende – Lo Presti Salvatore – Cav. Niccolò Giannotta – 1961 – pag. 177.* Dell'antico collegio esiste poca parte. L'edifizio interno è tutto nuovo e nuove sono le Opere che contiene, cioè: il Collegio Pio IX per signorine convittrici ed esterne, il Collegio propriamente della Provvidenza per orfanelle, le scuole gratuite elementari e di lavoro per fanciulle povere. *Tratto da Guida alle chiese di Catania. – Rasà Napoli Giuseppe – Tringale Editore – 1984 – pag. 368.* (La chiesa dell'Ospedale di S. Marta) sorge … sul vertice della via Monte Vergine ove anticamente fu eretto un tempio ad Apollo Arcageta, dai Romani detto del Sole. *Tratto da Guida alle chiese di Catania. – Rasà Napoli Giuseppe – Tringale Editore – 1984 – pag. 376.* Rinvenimenti effettuati alla fine dell'Ottocento ai piedi della collina di Montevergine portarono a formulare l'ipotesi che quest'area, dominata dal monastero dei Benedettini, fosse sede dell'acropoli nel primitivo impianto calcidese. *Tratto da Catania terremoti e lave. Dal mondo antico alla fine del Novecento. – Boschi Guido, Guidoboni Emanuela – Editrice Compositori – 2001 – pag. 19.* La devozione alla Vergine Odigitria fu portata in Sicilia nel secolo VIII da soldati siciliani dell'esercito imperiale che avevano partecipato ad una grande battaglia contro i Saraceni assedianti Costantinopoli con una flotta di 80 navi. La battaglia era stata vinta e la flotta distrutta a causa di una furiosa tempesta sorta non appena i monaci del monastero *degli odeghi* conducevano in processione sulle mura della città e ponevano di fronte al nemico la venerata icona della Vergine Odigitria da loro recata a spalla. Per questo le immagini della Madonna Odigitria col titolo abbreviato di Idria, diffuse largamente in Sicilia rappresentano una icona della Vergine recata a spalla da due vecchioni raffiguranti due monaci di rito bizantino. … Riedificata nella via omonima dopo il terremoto del 1693, nella zona detta dell'Antico Corso, fu una delle prime chiese che il *vescovo costruttore* Riggio volle come chiesa sacramentale, nel 1703. La festa della Madonna dell'Idria si celebrava il primo martedì dopo Pentecoste. Dopo la seconda guerra mondiale la chiesa è stata chiusa al culto. *Tratto da Storia di Catania. Vol. I sino alla fine del secolo XVIII – Ferrara Francesco – Editrice Dafni – 2001 – pag. 101,102.*

QUARTIERE SAN DOMENICO

La scossa dell'11 gennaio (del 1693) delle ore 13:30 GMT causò il crollo pressoché totale dell'edificio: rimase in piedi il muro sinistro della cappella di Nostra Signora del Rosario. La chiesa e l'adiacente convento erano stati costruiti nella prima metà del Quattrocento all'esterno della cerchia muraria, nel luogo dove si trova l'attuale chiesa ed ex convento di San Domenico. *Tratto da Catania terremoti e lave. Dal mondo antico alla fine del Novecento. – Boschi Guido, Guidoboni Emanuela – Editrice Compositori – 2001 – pag. 142*

QUARTIERE CAPPUCCINI

La confluenza della via Caronda con via Etnea (crea quel) largo detto *Rinazzu*. *Tratto da Quella Catania. Storia e Società della città etnea – Correnti Santi – Tringale Editore – 1983 – pag. 192*

QUARTIERE SAN GAETANO

Edicole presenti : via San Gaetano alla Grotta angolo via del Toscano: San Giuseppe con Bambino, stampa su carta, 40x60 cm; piazza Carlo Alberto 51: Madonna del Carmelo, statua di gesso, h 40 cm.

Il monastero di S. Giuliano fondato verso la fine del VI secolo ... riunito ad un altro monastero detto de Monacabus era stato trasferito nel 1354 dalla collina di S. Sofia nell'area dove ora c'è la Chiesa di S. Gaetano. *Tratto da Piano Regolatore pel risanamento e per l'ampliamento della Città di Catania – Progetto del B. ne Gentile Cusa – Tipografia C. Galatola – 1888 – pag. 32.* Il viaggiatore che per la prima volta visita (Catania) ..., rimane meravigliato della magnificenza delle ... vie principali che diritte, larghe, lunghissime, fiancheggiate di edifici e di case regolari, magistralmente lastricate, splendidamente illuminate di notte, generalmente pulite, presentano un'impronta così elegante da poter rivaleggiare con quelle delle città più belle e più incivilite d'Europa. Questa impressione favorevole si mantiene percorrendo in tutta la sua lunghezza la via Garibaldi, percorrendo le due parti di via Vittorio Emanuele o ... la via Stesicoro-Etnea fino al Borgo. *Tratto da Piano Regolatore pel risanamento e per l'ampliamento della Città di Catania – Progetto del B. ne Gentile Cusa – Tipografia C. Galatola – 1888 – pag. 235.* (La chiesa di S. Gaetano alle Grotte) ha sul pavimento ... (un) coperchio in legno (che copre il passaggio al) sotterraneo ove i primi cristiano, in quei tempi di persecuzione e di sangue, prestavano occultamente il sacro culto. In questo sotterraneo esistono una immagine di Maria Vergine, dipinta a fresco in fondo ad una grotta cavata nel vivo masso ed un altare a gran pezzi di lava rustica dove celebratasi la messa. *Tratto da Guida alle chiese di Catania. – Rasà Napoli Giuseppe – Tringale Editore – 1984 – pag. 416.*

QUARTIERE CARMINE

La sola edicola presente è in via Spampinato angolo via Corridoni: Sant'Agata al Carcere, dipinto in ceramica, 60x75 cm.

Fuori Porta Stesicorea, attiguo alla Chiesa di S. Maria dell'Annunziata c'era il Convento dei Carmelitani, costruitovi alla fine del XII secolo sui ruderi dell'antico tempio di S. Leone. *Tratto da Piano Regolatore pel risanamento e per l'ampliamento della Città di Catania – Progetto del B. ne Gentile Cusa – Tipografia C. Galatola – 1888 – pag. 32.* Nel 1838, alla statua di Francesco I, distrutta nei moti popolari dell'anno precedente, se ne sostituisce una seconda, scolpita anch'essa dal Calì ed innalzata, come la precedente, di fronte al palazzo dell'Università, chiamato allora piano della Fiera perché era là che si teneva il mercato del lunedì. *Tratto da Piano Regolatore pel risanamento e per l'ampliamento della Città di Catania – Progetto del B. ne Gentile Cusa – Tipografia C. Galatola – 1888 – pag. 68.* (La sezione Carmine) è limitata ad est dalle Chiuse Platania e Tosto e dallo agrumeto Costarelli, a sud dalla via Maddem, ad ovest dalla via Etnea ed a nord dalla via Fossa dell'Arancio e dagli oliveti Battiati .... Non contando nel suo interno che una sola piazza, quella del Carmine, essendo sprovvista affatto di larghi e di giardini, e le sue strade, meno quelle d'ambito e di S. Gaetano alla Grotta e di S. Elia, essendo angustissime, questa sezione in fatto di ventilazione è tra le peggiori. *Tratto da Piano Regolatore pel risanamento e per l'ampliamento della Città di Catania – Progetto del B. ne Gentile Cusa – Tipografia C. Galatola – 1888 – pag. 239,240.* (La) parte della sezione Carmine che è compresa tra le vie Etnea e Grotte Bianche e tra la via Fossa dell'Arancio e Tevere: un'insieme, cioè, di casette meschine e mal ridotte, le quali non si vedono dalle vie di maggior transito perché mascherate da una fila di case regolari e pulite. *Tratto da Piano Regolatore pel risanamento e per l'ampliamento della Città di Catania – Progetto del B. ne Gentile Cusa – Tipografia C. Galatola – 1888 – pag. 326.* Pel risanamento (del quartiere Carmine), che costituisce la parte meridionale ed orientale della sezione omonima, (il Gentile-Cusa ha) progettato le seguenti opere: apertura d'un breve tratto di strada – via Francalanza – che metta in diretta comunicazione la Piazza Carlo Alberto colla via Maddem e serva ad aerare quest'ultima, deficiente ora di ventilazione: prolungamento ... della via Musumeci e suo sbocco nella piazzetta delle Guardie: opera utilissima per coordinare il nuovo caseggiato della città col vecchio: opera utilissima per coordinare il nuovo caseggiato della città col vecchio: demolizione di tre case presso la piazzetta delle Guardie per dare sbocco alla via Cosentino e mettere in comunicazione diretta la piazza Carlo Alberto con la piazzetta delle Guardie: allargamento del secondo tratto di via Nuova per portarla alla larghezza di metri 12 già adottata pel tratto di strada dalla piazza Carlo Alberto alla via Giammona. *Tratto da Piano Regolatore pel risanamento e per l'ampliamento della Città di Catania – Progetto del B. ne Gentile Cusa – Tipografia C. Galatola – 1888 – pag. 331.* Alle condizioni di mercato, secondo una procedura frequente nella toponomastica urbana, in casi come Mercatonuovo o Mercatovecchio, o Mercatale, frequenti nell'Italia centrosettentrionale, si rifà la denominazione vulgata dell'attuale *piazza Carlo Alberto*, anch'essa frutto di italianizzazione postunitaria, e più comunemente nota come *A Fera o Luni* (La Fiera del Lunedì), o *la Fiera* per antonomasia. L'etimo va rintracciato nel latino *Feria*, grande mercato in occasione di feste religiose, assai rappresentato nei tipi Fiera ecc. nella toponomastica italiana in genere. *Tratto da Catania . La città. La sua Storia – Aymard Maurice – Domenico Sanfilippo Editore – 2007 – pag. 337*

QUARTIERE SANTA MARIA DE LA SALETTE

Edicole presenti : via Bellia 3: Sacra Famiglia, dipinto su lamierino, 50x100 cm; via Panebianco 5: Sant'Agata al Carcere, 30x40 cm; via Plebiscito 454: Sant'Agata al Carcere, 105x100 cm.

Nel contorno della presente chiesetta di S. Agata le Sciare eravi la *Porta della Consolazione* che si aprì nel 1668. *Tratto da Storia di Catania. Vol. I sino alla fine del secolo XVIII – Ferrara Francesco – Editrice Dafni – 2001 – pag. 101,102*

QUARTIERE SAN COSIMO

Edicole presenti : via Recupero 9: Sacra Famiglia, dipinto su lamierino, 60x120 cm; via Vittorio Emanuele II 389: Madonna con Bambino, stampa su carta, 50x100 cm; via della Palma 29: San Giuseppe con Bambino, stampa su carta, 70x140 cm; via Bellia 37: Immacolata Concezione, statua di gesso, h 50 cm; via Garibaldi 239: Cristo crocifisso, dipinto su lamierino, 85x170 cm.

... La parrocchia di S. Nicolò l'Oliva esercitava la sua giurisdizione su le chiese della Casa degli Orfani, SS. Cosimo e Damiano (Consolazione), di S. Giovanni al bastione e della Madonna della Grazia, che si trovavano entro i confini assegnatile. *Tratto da Catania prima del 1693 – Policastro Guglielmo – Società Editrice Internazionale – 1952 – pag. 204,205.* Il rione di S. Marina cominciava ... dalla chiesa dei SS. Cosimo e Damiano, scendendo fino alla chiesa di S. Euplio esclusa ed alle mura della città. *Tratto da Catania prima del 1693 – Policastro Guglielmo – Società Editrice Internazionale – 1952 – pag. 211.* L'antica chiesa (di San Cosimo e Damiano) fu eretta il 1557 col prospetto ad oriente. ... L'anno 1859 fu eretta nel luogo attuale. *Tratto da Guida alle chiese di Catania. – Rasà Napoli Giuseppe – Tringale Editore – 1984 – pag. 135*

QUARTIERE LUMACARI

Edicole presenti : via Teatro Greco 133: Sacra Famiglia, stampa su carta, 60x80 cm; via Santa Barbara 43: Sacra Famiglia, stampa su carta, 60x80 cm; via Vittorio Emanuele II 386: Sacra Famiglia, stampa su carta, 60x80 cm; via Lumacari 32: San Giuseppe con Bambino, stampa su carta, 100x150 cm; via della Palma 50: Sant'Agata, stampa su carta, 40x80 cm; via Ospedale Vecchio 5: Immacolata Concezione, dipinto su legno, 10x30 cm; Cuore di Gesù, bassorilievo in gesso, 20x30 cm; via della Palma 81: Madonna del Carmelo, 40x60 cm; via Lumacari 86: Madonna dell'Addolorata, dipinto su lamierino, 50x100 cm; via Vittorio Emanuele II 396: santi Cosmo e Damiano, stampa su carta, 30x40 cm.

QUARTIERE CAPPUCCINI NUOVI

Edicole presenti : via Vittorio Emanuele II 444: Madonna con Bambino, stampa su carta, 30x40 cm; via Ospedale Vecchio 11: San Giuseppe con Bambino, stampa su carta, 60x80 cm; via Ospedale Vecchio 18: Cuore di Gesù, 30x40 cm; via Vittorio Emanuele II 474: Cuore di Gesù, stampa su carta, 20x30 cm.

(Nel 1674) ... il Senato stabilì di dare particolare solennità alla festa di Sant'Agata, *in memoria della liberazione del fuoco di Mongibello*. E a tale scopo, oltre a provvedere alla edificazione di una chiesa in onore della Santa stessa nel sito in cui si fermò il fuoco – la quale perciò venne detta di Sant'Agata alle Sciare – ... provvide a far completare la sistemazione di quello *stradone* che la lava aveva formato intorno alla città, dal Bastione degli Infetti alla Porta delli Canali, e che in prosieguo di tempo doveva diventare una delle principali arterie della città (la via Plebiscito). *Tratto da Memorie storiche di Catania. Fatti e leggende – Lo Presti Salvatore – Cav. Niccolò Giannotta – 1961 – pag. 135,136.* Il primo santuario fu eretto in contrada *Rotolo* in Ognina, sotto il vescovo Maurizio ... . Detto santuario fu distrutto dalla lava del 6 agosto 1381. ... Quello attuale ..., fu eretto il 1707 dalla pietà dei catanesi in onore della Santa, per la prodigiosa liberazione (di Catania) dalla formidabile e devastatrice eruzione etnea del 1669 che duro circa 4 mesi .... Ai tempi del vescovo Michelangelo Bonadies, spagnuolo, vuol dirsi dal 1665 al 1686, esisteva nel luogo ora denominato Ospedale vecchio, presso la chiesina di S. Agata Le Sciare, un monastero di donne, detto di S. Lucia, alle quali monache il vescovo medesimo consegnò, il 5 dicembre 1679, l'attuale chiesa di S. Tommaso apostolo, già antica moschea dei Saraceni. *Tratto da Guida alle chiese di Catania. – Rasà Napoli Giuseppe – Tringale Editore – 1984 – pag. 342*

QUARTIERE GROTTA BIANCA

Edicole presenti : via Redentore 61: Sacra Famiglia, stampa su carta, 40x30 cm; via Grotte Bianche 49: Cristo crocifisso, scultura in peltro, 50x40 cm; piazza Mazzini 9: Cristo crocifisso, dipinto su tela, 70x140 cm; via Sisto 30: Madonna di Lourdes, stampa su carta, 15x15 cm.

QUARTIERE ACQUICELLA

Edicole presenti : via Sacchero 55: Madonna con Bambino, stampa su carta, 40x60 cm; via Acquicella 1: Madonna, forma di marmo, 40x60 cm.

QUARTIERE FORTINO

Edicole presenti : via Brancato 39: Sacra Famiglia, stampa su carta, 30x40 cm; via Barbagallo Pittà 41: Sacra Famiglia, dipinto su lamierino, 70x120 cm; via Cesare Abba 22: Sacra Famiglia stampa su lamierino, 110x160 cm; via Cesare Abba 58: Sacra Famiglia, stampa su carta, 90x120 cm; via Brancato 46: Madonna con Bambino, dipinto su lamierino, 50x100 cm; via Vittorio Emanuele II 599: Sacra Famiglia, 90x120 cm; via Garibaldi 371: Madonna con Bambino, 50x100 cm; via Sacchero 39: Madonna con Bambino, dipinto su intonaco, 80x120 cm; via Vittorio Emanuele II 543: San Giuseppe con Bambino, stampa su carta, 20x30 cm; San Pio, statua in ceramica, h 25 cm; via Cesare Abba 57: San Giuseppe con Bambino, statua di gesso, h 70 cm; via Brancato 21, Santa Rita, statua di ceramica, h 30 cm; Sant'Antonio da Padova, statua di ceramica, h 20 cm; Sacra Famiglia, stampa su carta, 20x30 cm; piazza Palestro, Sant'Agata, stampa su carta, 40x60 cm; piazza Crocifisso Majorana 11: Sant'Agata al Carcere, 30x30 cm; via Sacchero 3: Immacolata Concezione, statua di gesso, h 50 cm; via Ferlito 38: San Pio, busto in ceramica, h 30 cm; Gesù Bambino, stampa su carta, 30x40 cm; via Plebiscito 539: Madonna del Rosario, statua di gesso, h 60 cm; via Sacchero 37: Madonna, statua di gesso, h 40 cm; via Fortino Vecchio 71: Sant'Antonio di Padova, stampa su carta, 50x70 cm.

(Giovanni Russo Principe di Cerami) prolunga la via Ferdinanda (ora via Garibaldi) dalla chiesa di S. Chiara fino all'attuale Piazza Palestro, ove innalza, nel 1768 in occasione del matrimonio di re Ferdinando e della Regina Carolina d'Austria, un arco di trionfo disegnato dall'architetto Stefano Ittar. *Tratto da Piano Regolatore pel risanamento e per l'ampliamento della Città di Catania – Progetto del B. ne Gentile Cusa – Tipografia C. Galatola – 1888 – pag. 38.* Il titolo *Majorana* deriva, dicesi, dall'essersi rinvenuta in quei pressi una icona, cioè immagine del SS. Crocifisso, dipinta su un muro coi su cucchi della pérsa, o maggiorana, od anche majorana, la quale, ..., è una pianticella erbacea, indigena, coltivata nei giardini perché fortemente olezzante. L'area sulla quale sorge la chiesa era a quei tempi (pria del 1702) sparsa di lave, opunzie e mandre di ovini. La porta Garibaldi (già Ferdinanda) fu innalzata nel 1768 ... , architettata da Stefano Ittar, romano. *Tratto da Guida alle chiese di Catania. – Rasà Napoli Giuseppe – Tringale Editore – 1984 – pag. 339*

QUARTIERE ARCORA

Edicole presenti : via Curia 49: Sacra Famiglia, dipinto su muro, 90x110 cm; via Vittorio Emanuele II 544: Madonna con Bambino, stampa su carta, 40x60 cm; via Bettola 58: San Giuseppe con Bambino, forma in gesso, 30x40 cm; via Bettola 22: San Giuseppe con Bambino, statua di marmo, 25x40 cm; via Plebiscito 557: Sant'Agata, statua in peltro, h 20 cm; Cuore di Gesù, dipinto su legno, 20x40 cm; Cuore di Maria, stampa su carta, 20x40 cm; San Pio, stampa su carta, 25x50 cm; via Vittorio Emanuele II 536: Sant'Agata, stampa su carta, 60x90 cm; via Purgatorio 47: Sant'Agata, stampa su carta, 50x70 cm; via Bettola 17: Cuore di Gesù, statua di gesso, h 40 cm; via Curia 13: Cuore di Gesù, statua in ceramica, h 120 cm; Madonna del Carmelo, statua di ceramica, h 120 cm; via Plebiscito 609: Sant'Agata al Carcere, stampa su carta, 40x50 cm; via Plebiscito 573: Sant'Agata al Carcere, stampa su carta, 40x60 cm; via Orfanotrofio 50: Immacolata Concezione, statua di gesso, h 40 cm; via Case Sante 113: Sant'Antonio da Padova, stampa su carta, 30x40 cm.

La porta dell'Arcora che era quasi di fronte alla torre di Speciale fu fatta per le fabbriche *perché da quella entrasse il materiale da servire per la costruzione con carri e con animali ed anche le capre che i monaci mandavano a pascere fuori le mura nelle chiuse vicine*. Tratto da Catania prima del 1693 – Policastro Guglielmo – Società Editrice Internazionale – 1952 – pag. 194

QUARTIERE CIBALI

Un marmo posto sopra un cippo sepolcrale trovato a Catania dallo speziale catanese Geronimo Grecuzza, avea in una faccia la (iscrizione) 1 e nell'altra la (iscrizione) 2; La (iscrizione) 3 è nel biscariano trovata dallo stesso principe nel 1750 scavando un antico sepolcro nell'orto del duca Furnari presso S. Maria di Gesù. *Tratto da Catania prima del 1693 – Policastro Guglielmo – Società Editrice Internazionale – 1952 – pag. 52*

QUARTIERE BORGO

Edicole presenti : via Caronda 163: Sacra Famiglia, dipinto su lamierino, 72x115 cm; via Caronda 209: Sacra Famiglia, dipinto su carta, 40x60 cm; via Caronda 143: Sacra Famiglia, dipinto su tela, 100x150 cm; via Etnea 499: San Giuseppe con Bambino, stampa su carta, 40x60 cm.

... il Camastra fece tracciare due grandi vie l'una all'altra trasversali. La prima tagliava la città da nord e sud, cioè dalla piazza della Cattedrale a Porta d'Aci e di là ancora in rettifilo fino al Borgo (chiamata via Uzeda), distante dalle mura circa un chilometro, e la seconda da est ad ovest, dalla Porta Lanza presso l'attuale chiesa di S. Teresa al sommo della collina (chiamata via Lanza), sulla quale doveva essere riedificato, poco tempo dopo, il monastero dei PP. Benedettini. *Tratto da Piano Regolatore pel risanamento e per l'ampliamento della Città di Catania – Progetto del B. ne Gentile Cusa – Tipografia C. Galatola – 1888 – pag. 38.* Il viaggiatore che per la prima volta visita (Catania) ... , rimane meravigliato della magnificenza delle ... vie principali che diritte, larghe, lunghissime, fiancheggiate di edifici e di case regolari, magistralmente lastricate, splendidamente illuminate di notte, generalmente pulite, presentano un'impronta così elegante da poter rivaleggiare con quelle delle città più belle e più incivilite d'Europa. Questa impressione favorevole si mantiene percorrendo in tutta la sua lunghezza la via Garibaldi, percorrendo le due parti di via Vittorio Emanuele o ... la via Stesicoro-Etnea fino al Borgo. *Tratto da "Piano Regolatore pel risanamento e per l'ampliamento della Città di Catania" – Progetto del B. ne Gentile Cusa – Tipografia C. Galatola – 1888 – pag. 235.* (La) sezione (Monserrato) più che una parte del centro abitato è un vero sobborgo di Catania; anzi col quartiere della Consolazione costituiscono quel complesso di caseggiato, denominato Borgo, che fino al principio di questo secolo era quasi staccato dal nucleo principale della città. *Tratto da Piano Regolatore pel risanamento e per l'ampliamento della Città di Catania – Progetto del B. ne Gentile Cusa – Tipografia C. Galatola – 1888 – pag. 238.* (La) sezione Orto Botanico ... è tutta la parte di città ad ovest di via Etnea, dal viale Regina Margherita al largo Gioeni: epperò contiene la zona di caseggiato del Borgo, il sobborgo della Consolazione e le case di via Passo Gravina oltre a moltissime case sparse sulla campagna. ... La caratteristica di questa sezione è l'abbandono completo di tutta la intricata rete stradale che si diparte dalla via Consolazione e si interna dai due lati in un vero dedalo di stradelle cieche: un insieme così rustico e selvaggio da far invidiare i più remoti villaggi dell'isola. *Tratto da Piano Regolatore pel risanamento e per l'ampliamento della Città di Catania – Progetto del B. ne Gentile Cusa – Tipografia C. Galatola – 1888 – pag. 247,248.* Dopo il 1669, dalla via Concordia al *piano delli furchi* (piazza Borgo) nominato lo *roccaloro* delineossi una via detta fino alla fine dell'800 *strada vecchia del borgo* (attuale via Caronda) ove, per servizio di coloro che *erano stati smannati dalle loro terre*: Guardia, Malpasso e Monpileri, sommersi dalla lava nella eruzione del 1669, a cura del vescovo Bonadies venne costruita nel piano una chiesa. *Tratto da Catania prima del 1693 – Policastro Guglielmo – Società Editrice Internazionale – 1952 – pag. 28.* Ancora alla ricostruzione successiva all'eruzione, ci riporta il nome del Borgo, con cui tutt'oggi è designata popolarmente *piazza Cavour* e il quartiere circostante, nato appunto per il concentrarsi delle popolazioni etnee nella zona settentrionale esterna della città, il cui etimo risale evidentemente al siciliano *bburgu: strada grande e raccolta di case fuori la città; sobborgo, periferia*; cfr. ital. Ant. *Borgo* (XIV sec.) *sobborgo. Tratto da Catania . La città. La sua Storia – Aymard Maurice – Domenico Sanfilippo Editore – 2007 – pag. 136. Nel popolare quartiere della Consolazione* si venera un gruppo *scultoreo policromo* che ci mostra la Vergine in contemplazione del Figlio risorto, nella piccola omonima chiesa già esistente nel 1686. Nel secolo XIX si sviluppò una congregazione mariana che curò anche la festa che si svolgeva dopo Pasqua. *L'opera artistica* usciva in processione su un fercolo a spalla con un pesante baiardo dove poggiava una bella base settecentesca con diverse decorazioni di colore argento e mistura, sormontato da un baldacchino bianco ricamato. Oggi la Vergine della Consolazione si venera nella chiesa dedicata ad essa in via Milo. *Tratto da Storia di Catania. Vol. I sino alla fine del secolo XVIII – Ferrara Francesco – Editrice Dafni – 2001 – pag. 127*

QUARTIERE MERCEDE

Edicole presenti : via Renato Imbriani 13: Sacra Famiglia, stampa su carta, 60x80 cm; largo Rosolino Pilo 4: Sacra Famiglia, stampa su carta, 60x90 cm.

Nel 1587 sono i religiosi Mercenarii che, subentrando alla corporazione di S. Giovanni de Matha, fondano la chiesa detta della Concordia e della Mercede. *Tratto da Piano Regolatore pel risanamento e per l'ampliamento della Città di Catania – Progetto del B. ne Gentile Cusa – Tipografia C. Galatola – 1888 – pag. 37,38.* (La) sezione (Monserrato) più che una parte del centro abitato è un vero sobborgo di Catania; anzi col quartiere della Consolazione costituiscono quel complesso di caseggiato, denominato Borgo, che fino al principio di questo secolo era quasi staccato dal nucleo principale della città. *Tratto da Piano Regolatore pel risanamento e per l'ampliamento della Città di Catania – Progetto del B. ne Gentile Cusa – Tipografia C. Galatola – 1888 – pag. 238.* Le pochissime strade (da aprire) non hanno ... lo scopo di aerare il quartiere – che nello stato attuale è tutt'altro che agglomerato - , ma quello di provvedere, fin d'ora, alla ventilazione del caseggiato, che quanto prima andrà sorgendo nell'area interna dei grandi isolati, occupata attualmente da agrumeti e da ortaglie. *Tratto da Piano Regolatore pel risanamento e per l'ampliamento della Città di Catania – Progetto del B. ne Gentile Cusa – Tipografia C. Galatola – 1888 – pag. 326.* Questa strada, destinata a formare il limite nord del caseggiato urbano, sarà aperta in continuazione dell'attuale via Monserrato ed avrà in totale una lunghezza di m. 2700, di cui 1800 nel tratto ad est della via Etnea. La sua larghezza sarà uguale alla larghezza media del tratto esistente, cioè m. 12,50 e la sua direzione quasi identica a quella del prolungamento, in modo da riunire con unico rettifilo il crocevia Fossa Arancio-Monserrato con la piazza S. Maria della Guardia. *Tratto da Piano Regolatore pel risanamento e per l'ampliamento della Città di Catania – Progetto del B. ne Gentile Cusa – Tipografia C. Galatola – 1888 – pag. 420.* Monserrato, vocabolo che corrisponde a monte segato. L'antica chiesa di M. SS. di Monserrato sorse nei pressi del bastione del Tindaro e fu colmata dalle lave etnee eruttate nell'anno 1669 dai Monti Rossi, che sono perciò crateri avventizi a 948 metri sul livello del mare ed appartengono alla zona boschiva dell'Etna ... *Tratto da Guida alle chiese di Catania. – Rasà Napoli Giuseppe – Tringale Editore – 1984 – pag. 315.* Il culto della Madonna di Monserrato in Sicilia fu introdotto dagli Aragonesi e dai Catalani nel secolo XIII. A Catania il culto della Vergine di Monserrato inizia intorno al 1580. Allora la chiesa di proprietà della Compagnia della Madonna di Monserrato sorgeva nei pressi dell'attuale via Plebiscito (al tempo Bastione del Tindaro). La lava del 1669 distrusse completamente ciò che i Confrati di Monserrato avevano realizzato. Ottennero poi la chiesa di S. Pietro al Borgo, allora in precarie condizioni, ed iniziarono la ricostruzione della nuova chiesa che venne benedetta dal Canonico della Collegiata nel 1672. Fu ricompletata nel 1754 dopo il terremoto del 1693. Il simulacro rappresenta la Vergine seduta in trono con il Bambino sulle ginocchia, nella mano destra tiene un globo sormontato da un giglio. Il simulacro venne realizzato agli inizi di questo secolo e per le feste veniva rivestito da un mantello bianco ricamato. In processione i devoti cantano: *Bedda Matri di Munsirratu ... Tuttu u munnu aviti giratu ... Ni mia sulu noaviti vinutu ... Viniti prestu e datini aiutu. Tratto da Storia di Catania. Vol. I sino alla fine del secolo XVIII – Ferrara Francesco – Editrice Dafni – 2001 – pag. 97*

QUARTIERE MONSERRATO

La sola edicola presente è in via Monserrato 62: Crocifissione, dipinto su lamierino, 70x100 cm.

Riferimenti Bibliografici

B. Gentile-Cusa: Piano regolatore pel risanamento e per l'ampliamento della Città di Catania. Progetto del B.ne B. Gentile-Cusa . Tipog. C. Galatola, 1888, Catania.

Guglielmo Policastro: Catania prima del 1693. Società Editrice Internazionale, 1952, Torino

Salvatore Lo Presti: Memorie storiche di Catania. Fatti e leggende. Cav. Niccolò Giannotta, 1961, Catania

Giuseppe Rasà Napoli: Guida alle chiese di Catania. Tringale Editore, 1984, Catania

Santi Correnti: Quella Catania. Storia e Società della città etnea nell'età defeliciana (1881-1920). Tringale Editore, 1983, Catania

Enzo Boschi e Emanuela Guidoboni: Catania terremoti e lave. Dal mondo antico alla fine del Novecento. Editrice Compositori, 2001, Bologna

AA.VV., curatore Renato D'Amico: Catania. I quartieri nella metropoli. Le Nove Muse Editrice, 2000, Catania

AA.VV., curatori Maurice Aymard e Giuseppe Giarrizzo: Catania. La città. La sua Storia . Domenico Sanfilippo Editore, 2007, Catania

Lina Scalisi: "L'identità urbana dall'antichità al Settecento". Domenico Sanfilippo Editore, 2009, Catania

Gi.Re.:I giorni di Sant'Agata. Domenico Sanfilippo Editore, 2010, Catania

Francesco Ferrara: Storia di Catania. Vol. I – sino alla fine del secolo XVIII. Editrice Dafni, 1989, Catania

Francesco Ferrara: Storia di Catania. Vol. II – sino alla fine del secolo XVIII. Editrice Dafni, 1989, Catania

Lucio Sciacca: Catania gli anni belli. Giuseppe Maimone Editore, 1992, Catania

Lucio Sciacca: Catania anni venti . Tringale Editore, 1990, Catania

Giuseppe Dato e Pagnano Giuseppe: L'architettura dei Gesuiti a Catania. Istituto Statale d'Arte, 1991, Catania

Felice Cammarata e Giovanni Lanzafame: Pupi e carretti. I mass-media della Sicilia Liberty. I.L.A. Palma, 1976, Palermo

Giovanni Lanzafame: "Feste religiose a Catania". Comune di Catania, 1999, Catania

Salvo Nibali: "Divae Agathae". Tringale Editore, 1986, Catania

Giovanni Lanzafame: Catania Mariana. Edizioni Greco, 1994, Catania

A cura di Ignazio E. Buttitta e Rosario Perricone: La forza dei simboli. Studi sulla religiosità popolare. Folkstudio Palermo, 2000, Palermo

Rosario Carollo: Cerume Dentiera e Cataratta. Ilmiolibro.it , 2010, Roma.

Finito di stampare nel mese di Agosto 2015
per conto di Youcanprint *Self - Publishing*